大家早安！很高興又能跟大家再會！
夜澄原本以為絕對只會收到抗議！

聲優廣播的幕前幕後

#03 夕陽與夜澄想要突破？

結果意外地獲得好評～
太感謝了。雖然真的很令人意外……

二月公　插畫／さばみぞれ

臉會不會貼太近了……
不過看照片就會發現，
這傢伙真的長得很可愛！
……就只有臉可愛！
兩人偷跑的聖誕節！
SCENE #01

要演得更好，還能演得更好──！
SCENE #02

SCENE #03
在推崇的偶像旁邊驚慌失措的芽玖瑠！
好想把小嬰幫我盛的沙拉裝飾起來！
這是什麼神對應！

真的要迅速陷入戀愛了……
今天就是我的忌日。
那套便服實在非常
超棒的我還是第一
這套該不會是
私人場合穿吧
太可愛了！
拜託不
又再讓
比之前
更
讓我比之前對她更著

夕陽與夜澄的高中生廣播！
YUHI to YASUMI no KOUKOUSEI RADIO!
咦，在這邊可以用這種語氣嗎？
真是複雜！
連紅毛猩猩都比妳聰明一點呢。

聲優廣播的幕前幕後

#03 夕陽與夜澄想要突破？

二月 公　插畫／さばみぞれ

Kadokawa Fantastic Novels

On Air List

夕陽與夜澄的高中生廣播！

YUHI to YASUMI no KOUKOUSEI RADIO!

聲優廣播的幕前幕後

「幻影機兵Phantom」聲優名單

■櫻庭初音……………夕暮夕陽
■蘇菲亞・懷特…………森香織
■夏洛特・露露…………澤村美咲
■大衛・戴蒙德…………中村哲也
■艾瑪・克魯克…………大野麻里
■奧利佛・A・布魯……藤本大輔
■梅莉亞……………………星空見上

聲優廣播的幕前幕後

■白百合．梅伊……歌種夜澄

NOW ON AIR!! 第34回

「小夕！」

「小夜的！」

「「高中生廣播！」」

「大家早安～我是小夕。」

「大家早安！我是小夜！」

「各位～又見面了。我好開心喔～」

「就是啊！太開心了！坦白講，夜澄都已經做好節目會立即被腰斬的覺悟了，不如說很確定會變成那樣！」

「結果意外地獲得好評～太感謝了。雖然真的很令人意外……」

「呃～我們收到了化名『超愛叉燒肉』同學的來信。『小夕、小夜，早安！』早安！」

「早安～」

「『真的很高興能再次聽到妳們兩位聊天！我以後也只會聽小夕和小夜的單元！』……這位同學、說了、這樣的、話呢。」

「好、好難回應啊……而且感覺有點太極端了……呃，那個～每個人聽廣播的方式都不同，我覺得只要本人開心就好吧？」

「我們也開始搞不懂了呢。」

「實際上到底是怎樣呢……？」

「這個問題先放一邊！總之只要大家不嫌棄，我們就會繼續透過『夕陽與夜澄的高中生廣播！』和大家交流，請多指教！」

「請多指教～請把我們當成是大節目裡的小節目～期待各位的來信～」

「等等！咦……？編劇小姐，怎麼了嗎？」

「『最終目標是獨立出專屬於小夜以及小夕的節目』？咦、咦……怎、怎麼辦～？這夢想會不會太大了……？」

「真要說起來，要連續聽我們兩個講三十分鐘的話也太辛苦了吧！」

「等等，小夜。我們直到前陣子為止，都還會像這樣講三十分鐘……妳這樣未免太自虐了……」

「啊，說得也是……而且節目最後還被腰斬了吧？這、這次要努力提升人氣～！」

「加、加油～！」

「……………………那個，像這種感覺可以嗎？」

to be continued……

關係到歌種夜澄和夕暮夕陽的聲優生涯，給許多人添了麻煩的事件——已經結束了好一段時間。

歌種夜澄亦即佐藤由美子，逐漸恢復原本的生活。

她今天也跟以前一樣打扮成辣妹。

燙出蓬鬆的捲髮，仔細地化好妝，搭配花俏的假睫毛和耳環。

胸口上掛著喜歡的心型項鍊。

制服故意不穿整齊，即使是冬天也要把裙子折短。

「嗯哼。」

看著自己映照在店面玻璃上的身影，少女忍不住露出笑容。

由美子直到昨天都還打扮成制服穿得整整齊齊，戴眼鏡綁辮子的少女，用認真好學生的樣子去上學。

也就是所謂的變裝。

夕暮夕陽的陪睡事件爆發時，兩人的學校也跟著曝光了。

拜此之賜，開始有人會跑去由美子她們的學校，害她們必須變裝。

變裝時的認真好學生打扮也很可愛。

不過，她果然還是最喜歡現在的打扮。

心情自然也跟著好了起來。

「嗯。是渡邊。」

由美子看見了在行人穿越道前面等交通號誌的夕暮夕陽——亦即渡邊千佳。

長到能遮掩雙眼的瀏海十分引人注目。

底下藏著凶猛的眼神。

包在整齊制服裡的嬌小身軀，看起來像是個認真又懦弱的少女。

但她的個性其實非常粗暴。

雖然千佳經常用猴子之類的話罵人，但由美子覺得她才比較像野獸。

「嗯……」

千佳也注意到這邊，兩人對上了視線。

……雖然兩人的交情沒好到要特地過去打招呼，但還是舉個手示意比較好吧。

由美子稍微煩惱了一會兒後，舉起了手。

然而，就在由美子舉起手的同時，交通號誌也剛好改變，千佳就這樣直接往前走。

「………………」

該怎麼說。

莫名有種輸了的感覺。

由美子緩緩放下手，慢步往前走。

千佳直到前陣子都還變裝成濃妝豔抹，穿著迷你裙的金髮辣妹。

不過她比由美子還要早放棄變裝。

她表示「如果不盡快放棄那種打扮，一定會變笨」。

『有人說衣冠不整會跟著降低內涵，我現在真的深有體會。感覺一不小心就會說出輕浮的言論。這東西真的敲級可愛～』

『謝謝妳用咒語表達自己膚淺的理解。倒是渡邊的性格還是一樣陰沉呢。明明都打扮得很陽光了，為什麼還這麼陰沉呢？妳是在深海出生，在深海長大嗎？』

『那妳是洞窟出身嗎？連制服都穿不整齊，是因為還沒完全擺脫裸族的習慣嗎？』

『所以我才討厭視力不好的深海人。妳是不是該多學習一下時尚？』

『覺得衣服穿得少就是時尚，是裸族的風潮吧。妳要不要乾脆全裸來上學？』

『這傢伙……妳明明打扮得這麼陽光，想法卻還是一樣陰沉。這恰好證明了外表不會影響內心吧。』

『哎呀，妳居然會用證明這麼難的詞。了不起了不起。看來妳沒有白打扮成好學生的樣子。要不要乾脆一輩子都穿這樣？』

『說得也是，我還會再打扮成這樣一段時間。畢竟我無法像妳那樣，只要恢復陰沉就能消除氣息。奇怪？渡邊跑去哪裡了？已經消除氣息了嗎？』

『……又來了。我真的很討厭妳這種地方。』

這樣的對話也讓人記憶猶新。

只是即使恢復原本的打扮，應該也不會有問題吧。

這是因為狀況已經不同了。

兩人那天賭上自己聲優活動的模樣，已經透過影片網站傳開而變得廣為人知。

之所以做出這樣的豪賭，是因為兩人的身分已經曝光。

這一切都起因於惡質粉絲（？）清水的失控。

拜此之賜，由美子她們原本的面貌被攤在陽光下，但她們真誠地針對「欺騙粉絲」這件事拍了道歉影片。

豪賭的理由。

惡質的粉絲。

兩人的態度。

種種事態重疊在一起，在網路上掀起了一波「是否不該干涉聲優的私生活」這種理所當然的爭論。

之後就是持續不斷的空虛戰爭。

在那起事件後，依然有人在學校前面蹲點。

接著開始有人公布蹲點者的照片。

亦即以蹲點對抗蹲點。

『就是因為有這種人在，聲優才無法正常生活！給我好好反省』——開始有人在網路上這樣抱怨。

當然，這種行為本身也同樣不值得鼓勵。

不僅開始出現「這樣做跟蹲點者有什麼兩樣」的爭議，情況還愈演愈烈。

就連蹲點者以外的人也開始被波及。那些人只要在學校附近發現「看起來像御宅族」的人，就會擅自認定他們一定也是蹲點者，並開始拍攝照片。

這根本是在誣陷別人。情況完全失控了。

事情演變成嚴重的獵巫行動。

只因為「看起來像御宅族」就被人在網路上公開照片，實在太悲慘了。

為了對抗這種扭曲的正義，之後又換抓蹲點的人被人公開照片。

以蹲點對抗蹲點的蹲點。

事情變成這樣，可說是完全陷入泥沼。

讓人動彈不得的泥沼。

不過也因為這樣，那些人開始互相戒備，並逐漸從學校附近消失。

由美子和千佳順利恢復原本的生活。

宛如人間地獄般的鬥爭遠離兩人的生活，擅自在與她們無關的地方展開廝殺。

當然，只要歌種夜澄或夕暮夕陽表態支持其中一方，紛爭的火種就會進一步擴大，所以她們選擇忽視。

以後也不會再碰觸這個話題吧。

「啊。」

由美子這次換發現同班的木村。

他縮起身軀，走路時不斷警戒著周圍。

……木村明明是同一間學校的學生，卻被人當成蹲點者，將照片公布在網路上，算是非常可憐的受害者。

他完全是被連累，所以由美子有跟他道歉過……

不過，由美子她們的生活好轉了。

雖然渡邊家因為地址曝光而搬家了，但似乎打消了轉學的念頭。

她們面臨的問題姑且算是解決了。

接下來——

就換原本的「作為聲優的問題」浮現出來。

由美子忍不住打開手機的行事曆。

「由美子，早安。」

「嗚呀！」

突然被人從後面抱住，讓由美子發出呆愣的聲音。
在她認識的人當中，只有一個人會這麼做。
「……早安，若菜。妳一大早就很興奮呢。」
「呵呵。因為很久沒看見由美子打扮成這樣了。事情都解決了嗎？」
「嗯～大概吧。讓妳擔心了。」
「別這麼說。事情解決真是太好了。」
少女聽完由美子的話後開心地笑道，將臉靠向她的脖子。
川岸若菜是由美子的同班同學。
若菜開心地貼在由美子身上，在看見她的手機後露出困惑的表情。
「由美子，妳怎麼在看行事曆啊？不是到教室後才要討論聖誕節的活動嗎？」
「如果現在還會期待聖誕節，那我未免也太可愛了吧。不是這樣啦，我只是在想今年也快結束了……呃……若菜，妳可以聽我訴說工作上的煩惱嗎？」
「好啊。」
若菜輕快地回應，稍微與由美子拉開距離。
現在能跟朋友傾訴工作上的事情，讓由美子感到很開心。
她看向手機，搔著頭說道：
「我的演藝經歷將在明年四月邁入第四年。雖然其他經紀公司應該也差不多，但我現在待的公司到第三年為止，酬金都算是很便宜吧？」

「喔？因為是新人嗎？」

「沒錯。在新人的試用期間，可以藉此多爭取一些演出機會。但第四年後酬金會變貴，狀況就不一樣了。」

「噯～這樣很好啊。可以多拿一些錢吧？」

「重點是會變得比較不容易被錄用。如果因為便宜才用的化妝品突然漲價，若菜難道不會改用其他化妝品嗎？」

「啊……原來如此……不過如果是喜歡的化妝品，就算變貴我也會繼續用喔。」

由美子很感謝若菜的體貼，但還是忍不住苦笑。

歌種夜澄目前並不具備那樣的商品價值。

只是價格變貴而已。

「嗯。那由美子該怎麼辦呢？」

若菜一臉認真地聽著，然後坦率提出疑問。

答案很簡單。

「只、只能努力了……」

「哇喔……」

若菜露出難以言喻的表情。

簡單來講，由美子只是在說喪氣話。

雖然她最近都在忙其他事情，但問題解決後，現實又重新浮上檯面。

「那小渡邊呢？她明年也是第四年嗎？」

若菜將手指抵在臉頰上，困惑地問道。

『真不巧啊。雖然以聲優來說才第二年，但我以前就加入劇團，所以身為演員的演藝經歷是第四年喔。我才是妳的前輩。』

由美子想起挺著平坦的胸部如此主張的千佳。

但不管千佳如何主張，經紀公司都只會看她作為聲優的演藝經歷吧。

換句話說。

「啊～她明年是第三年。所以還有一年的緩衝期間。」

這一年對夕暮夕陽來說，是特別需要努力的一年。

她原本應該能順利挺進第四年，但陪睡醜聞害她的人氣跌落谷底。

這似乎讓她變得不容易被錄用。

……不過，感覺夕暮夕陽應該能在這一年內捲土重來。

雖然她之前是以偶像聲優的形象獲得粉絲支持，但那並非她的本質。

正因為演技和技術都遠遠超出一般新人的水準，她才能獲得那樣的地位。

當千佳墮落到和自己相同的位置時，由美子曾產生陰暗又醜陋的感情。

像是「妳總算明白我的感受了吧」。

……或是「現在可以理解我了吧」。

明明光是有這樣的想法就已經夠悲慘了，如果最後只有千佳迅速重振旗鼓。

如果自己依然只能趴在地上仰望她。

那實在是太難堪了。

「……嗯。若菜，我會加油。今天也有安排試鏡。我絕對要拿下角色！」

由美子一展現出幹勁，若菜就跟著開心地笑了。

她這次參加的是少年漫畫改編的電視動畫「炎之魔導士尤凱」的試鏡。

由美子瞄準的角色是性格開朗活潑的魔法師「艾莉西亞」。

她走在熟悉的錄音室走廊上。

然後發現有個認識的人從對面走了過來。

那人擁有及肩的柔順秀髮、小巧可愛的臉蛋，以及苗條的好身材。

嬌小但又不會太瘦的軀體，散發出圓潤的女性魅力。

稚氣的外表和嬌小的身軀，將豐滿的胸部襯托得更加顯眼。

她是隸屬於藍王冠的柚日咲芽玖瑠。

「啊。」

「嘖。」

對方一發現由美子，就露骨地擺出厭惡的表情。

反倒是由美子表情瞬間一亮，迅速拉近距離。

「小玖瑠小玖瑠小玖瑠！我好想妳喔！」

「別鬧了！不要親近我，不要靠近我！」

芽玖瑠警戒地伸出雙手，阻止由美子靠過來。

這樣的態度讓由美子不悅地嘟起嘴巴。

「小玖瑠，妳怎麼表現得這麼冷淡？不需要這麼抗拒吧？」

「吵死了，別叫我小玖瑠。妳是不是誤會了什麼？我討厭妳，也還沒原諒歌種和夕暮。我現在也還在生氣。」

「咦？可是妳之前明明也有來？」

「那是因為……那時候的事情不重要啦。忘了吧。給我忘掉。」

芽玖瑠交叉雙手，尷尬地偏過臉。

由美子和千佳之前在媒體上展露原本的面貌，並因為這件事被芽玖瑠討厭。

不過在兩人賭上聲優活動的那一天，她還是特地過去幫忙了。

由美子一想起芽玖瑠當時的樣子，就忍不住露出開心的笑容。

芽玖瑠一臉煩躁地抬頭看向由美子，不悅地開口：

「怎樣啦？」

「沒什麼，只是在想小玖瑠真是喜歡我呢。」

芽玖瑠一開始還沒聽懂由美子在說什麼，困惑地眨著眼睛。

但在理解這句話的意思後，就逐漸漲紅了臉。

她緊張地環視周圍，極度不悅地揪住由美子的胸口。

「喂……！不要這麼大聲啦！妳、妳該不會把那件事告訴其他人了吧……！」

所謂的那件事，指的就是芽玖瑠其實是個超喜歡聲優的御宅族。

而她超喜歡的對象也包含了歌種夜澄和夕暮夕陽，甚至還會興高采烈地去參加她們的見面會。

不過這是她絕對不想曝光的祕密。

由美子也明白這點，再加上她還欠芽玖瑠人情，所以沒打算散播這件事。

「我沒有告訴別人，也不打算說，就算說了也不會有人相信吧。」

由美子的回答讓芽玖瑠鬆了口氣。

「那就好。那麼從今以後，請不要跟我扯上關係。拜託啦。」

芽玖瑠說完後就轉身離開，由美子急忙抓住她的肩膀。

「等一下啦。不需要表現得這麼冷淡吧？我還想為了那時候的事情向妳道謝，找機會一起吃個飯吧。小玖瑠想喝酒也行喔。」

「妳以為是在搭訕啊……我之前也說過，我不打算和其他聲優交流。只要有花火陪我吃飯就夠了。所以放開我。」

「咦？」

芽玖瑠一臉不悅地想要掙脫。

像是感到相當厭煩。

然而，她使出的力道並沒有語氣那麼強烈。

如果把臉湊過去，她就會伸手制止，但也不會硬把由美子的手拉開。

不僅如此，甚至微妙地連手都沒碰到。

小玖瑠該不會力氣很小吧？

由美子望向芽玖瑠，發現她正拚命將臉偏到旁邊。

仔細一看，她連耳根子都紅了。

「那個，太近了。這樣真的太近，拜託別這樣。不行。這個距離太不妙了。不行。拜託放開我……」

芽玖瑠嘴裡不斷嘟囔，表情看起來像是在忍耐什麼。

……咦？真好搞定。

這個人未免太好搞定了。

她的表情已經完全變成一個粉絲……自制力未免太弱了吧？

只要再逼一下，不管是吃飯還是其他事，她都會願意配合吧？

「小玖瑠，一起去吃飯吧。我想跟妳好好相處。」

「咿、咿呀！我說真的，拜託不要在我耳邊低語！嗚、嗚……妳應該對自己聲音的威力多點自覺……！不行就是不行！我才不去！」

「『我說要去就是要去！人家想和小玖瑠一起吃飯啦！』」

「啊————！啊、啊啊，真是的！別突然用角色的聲音說話啦……！差點被妳嚇破膽……！別再擾亂我的內心了……！」

「順便問一下，妳知道剛才是哪個角色的聲音嗎？」

「『冬季★旅情』的雫……」

「咦，妳怎麼知道？好可怕。」

「明、明明是妳自己要問的！單純是夜夜演出的作品很少，所以選項不多而已！」

「喂，別突然說出令人難過的現實啦。我也差點被妳嚇破膽。」

芽玖瑠趁由美子退縮的時候順利掙脫。

她紅著臉按住胸口，拚命調整呼吸。

等平靜下來後才憤怒說道：

「妳真的很惡質！以後別再這麼做了！」

因為對方看起來真的生氣了，由美子坦率地表示自己不會再犯。

芽玖瑠紅著臉調整衣服，指向走廊的盡頭。

「話說妳接下來要試鏡吧？快點去啦。別再煩我了……歌種也是來參加尤凱的試鏡吧。妳想飾演哪個角色？」

「呃，艾莉西亞。」

「這樣啊，我是諾瑪。」

芽玖瑠看起來似乎稍微鬆了口氣。

每場試鏡都會有許多聲優爭奪同一個角色。

所有人彼此之間都是競爭對手。

雖然不需要太過顧慮競爭對手，但如果對方是認識的人，還是會覺得尷尬。

芽玖瑠不想和歌種夜澄競爭同一個角色，這讓由美子感到有點開心。

之後，芽玖瑠沒有道別就準備直接離開。

由美子連忙叫住她。

「啊，小玖瑠！之前很謝謝妳！妳來真的讓我很開心！」

芽玖瑠瞄了這裡一眼後，就默默將臉轉回去。

她的背影看起來有點猶豫，最後輕輕舉起了手。

然後像是不想被發現般，快步離開了。

由美子看著可愛前輩的背影，目送她離開。

「柚日咲小姐也來參加尤凱的試鏡啊。」

「嗚呀！」

突然有人從背後搭話，讓由美子嚇了一跳。

而且對方還是貼在她的耳邊低語，所以更讓人受不了。

她連忙拉開距離，然後發現是千佳站在那裡。

千佳朝這裡投以訝異的視線。

「什麼嘛。不需要這麼驚訝吧？」

「不，我當然會驚訝！渡邊，妳也太擅長消除氣息了吧……根本已經算是忍者了。」

雖然由美子是被聲音嚇到，但她在那之前都沒注意到千佳的存在。

由美子用怨恨的眼神看向千佳，後者不悅地回答：

「是因為妳用奇怪的方式去捉弄柚日咲小姐吧。我看妳們玩得很開心呢。」

「哎呀，妳看見啦。妳到底是什麼時候來的？」

「從佐藤開始發出啊吧吧吧，喔啵啵啵啵聲音的時候。」

「我是妖怪嗎！我在妳眼裡是那個樣子嗎？深海族看人都是這樣嗎？」

「是啊，因為人會對無法理解的存在感到恐懼。所謂妖怪的起源，或許就是在看見會隨便黏在別人身上的傢伙時，產生的恐懼也不一定。」

「喔？那妳或許也是妖怪呢。畢竟會縮在房間角落碎碎念的傢伙也很可怕。大概是那種靠吸食人類黑暗面維生的妖怪吧。妖怪『角落碎碎念』。」

「妳才是妖怪『亂黏人』。」

「妳這傢伙……話說妳該不會從一開始就在看吧？」

「沒這回事。是從佐藤不客氣地直接叫『小玖瑠』時開始。」

「那就是一開始啊！妳一直在旁邊看嗎？」

由美子發出接近慘叫的聲音。

這讓千佳露出傻眼的表情。

「妳幹嘛做出這種像是外遇被人抓到的反應啊？如果被人看見會感到困擾，就乾脆不要做。雖然妳剛才黏在別人身上時，看起來確實是挺開心的。」

「不，我只是覺得一直默默待在旁邊的渡邊很可憐。妳剛才一定在想『她們能不能快點離開啊，不然我回不了家……』在那裡驚慌失措吧。」

「唔。」

千佳一聽見由美子的話就瞬間僵住。

這讓由美子忍不住嘆了口氣。

「我說姊姊……人家好歹是照顧過妳的前輩，妳就上前打聲招呼嘛。而且跟她講話的對象還是我。妳剛才到底是懷著什麼樣的心情躲在旁邊啊？」

「吵、吵死人了！我原本也打算這麼做！是妳散發出太過陽光的氣氛，才害我沒辦法過去。」

「啊……」

的確，由美子剛才拉近距離的方式，是千佳最不擅長的情境。她的個性原本就跟不上那種氣氛。

不過一看見就躲到旁邊也未免太悽慘了。

「渡邊，妳去經紀公司時，應該有機會見到小玖瑠吧？妳有好好跟人家道謝嗎？說謝謝可是一件很重要的事情喔。」

「別、別把我當成小孩子……我有好好道謝啦。我說『之……之前真的很感謝妳』，她也回答『呃，嗯……』呢。」

「渡邊同學，妳知道什麼叫尷尬嗎？」

由美子輕易就能想像當時的狀況。

千佳一定是戰戰兢兢地搭話，芽玖瑠也畏畏縮縮地回答吧。

「成瀨小姐真是辛苦……妳一定給她添了不少麻煩。」

「喂，這跟經紀人沒有關係吧。還是怎樣？為了展示優越感，妳終於連其他人都要拿來利用了？真是沒品。簡直就像壞心眼的婆婆一樣。」

「誰是婆婆啊。唉，的確。未來當妳婆婆的人一定會很可憐。」

「啥？這次換用未來展示優越感嗎？妳的花招還真多呢。妳就繼續這樣惹人厭，連對媳婦都持續展示優越感，然後度過寂寞的老年生活吧。」

「喔，沒想到妳會主動提起寂寞的老年生活。這是在自嘲嗎？這是妳講過最好笑的笑話，我都要笑到肚子痛了。」

「妳這傢伙……話先說在前頭！我從來沒被成瀨小姐提醒過人際關係的事情，我一直都有跟別人維持最低限度的交流。」

「從妳剛才陰沉地躲在旁邊和糟糕的打招呼方式來看，我實在是無法相信。成瀨小姐應該也只是傻眼到無話可說吧。就像無法教貓學會做料理一樣。哎呀，渡邊原本就不會做料理呢。」

「又來了又來了。又開始妳最擅長的展示優越感了。妳每次都動不動就這樣……」

這種沒意義的對話重複了幾次後——

由美子恢復冷靜，開始思索「為什麼話題會變成這樣」。

原本應該是在講芽玖瑠的事情。

既然千佳無法正常和芽玖瑠互動，就更必須認真考慮。

「……得好好跟小玖瑠道謝才行。我來想點辦法好了。」

「的確，這點我也贊成。算我一份吧。」

「妳這明顯是在搭便車……雖然是沒什麼關係啦……比起這個。」

由美子看向千佳。

既然是從走廊盡頭來到這裡，表示她也是來參加試鏡的。

兩人是第一次在試鏡會場碰面。

那麼最令人在意的，就是千佳究竟是參加哪一個角色的試鏡。

或許是感覺到氣氛變得緊張，千佳瞇起了眼睛。

「……渡邊，妳想飾演哪個角色？我是艾莉西亞。」

千佳一聽見由美子的話，就稍微睜大眼睛。

光是這個反應就夠了。

由美子忍住不咂舌，輕聲開口：

「妳也一樣啊。」

「沒錯。我的試鏡已經結束了。雖然這樣講不太妥當，但我覺得自己表現得很好。」

她用像是在試探般的眼神，看著由美子說道。

由美子的心中迸出火花。

沒想到競爭對手居然是夕暮夕陽！雖然讓人有點想要嘆氣，但鬥志也變得更加昂揚。她的內心瞬間被點燃，開始熊熊燃燒。

這樣正好。絕對不會輸，也不想輸。

這樣的想法讓她握緊雙手。

千佳似乎也是如此，原本凶狠的眼神又變得更加銳利了。

「那個角色是我的，絕對不會交給佐藤。我絕對會拿下那個角色。」

「我也是一樣的想法，絕對不會輸給妳。等我被選上後，我會拿劇本跟妳炫耀。」

兩人都露出無畏的笑容，互相挑釁。

兩人的對話到此為止，並各自朝不同的方向前進。

絕對要拿下這個角色，給那傢伙好看。

雖然這樣想讓人有點不爽，但幸好有遇見千佳。由美子感覺自己充滿了幹勁。

好，一定要選上！

…………………………………………

儘管兩人像這樣大發豪語，但最後兩人都落選了。

啊～這樣不行！

一點成功的感覺都沒有！太驚人了！完全不覺得會被選上！

由美子忍不住在心裡大喊。

她無力地握著劇本，如果旁邊沒有其他人在看，她一定早就沮喪地垂下肩膀了。

由美子從錄音間偷看控制室，但那裡毫無反應。

看來她的演技完全沒有達到他們要求的程度，只有失敗的感覺特別強烈。

雖然經常聽說本來以為會被選上的角色後來沒上，或是以為會落選時意外被選上的狀況……但這早已不是那種程度的問題。

絕對會落選！

可以確信這點實在令人難過。

接下來只要等音效指導冷淡地說聲「辛苦了」，這場試鏡就結束了。

音效指導面無表情地看著劇本。

由美子曾經見過他一次。

那位音效指導姓杉下。

是之前錄「夕陽與夜澄的高中生廣播！」出差版的時候，以「幻影機兵Phantom」音效指導的身分，來找由美子她們的人。

那位身材修長的穩重男性，戴著時髦的圓框眼鏡。年齡大概是接近五十歲吧。他下半身穿著黑色長褲，上半身則是灰色毛衣。

聽說他負責的現場有許多規矩，但看來是沒機會體驗了……

「不好意思，歌種同學，方便打擾一下嗎？」

「咦，啊，好、好的？」

由美子原本在想事情，所以在他突然打開錄音間的門時嚇了一跳。

就在由美子困惑不已時，杉下拿了其他劇本給她。

「不好意思。可以請妳演一下這個叫『薩科』的角色嗎？」

「咦？」

杉下沒等由美子回應，就立刻回到控制室。

由美子翻閱劇本後，又變得更加困惑。

薩科是與主角們敵對的角色。

是會不擇手段，性格卑劣的純正反派。

她從來沒演過這種角色。

『那麼，請妳從第四頁開始。』

從喇叭裡傳來指示。

看來是沒辦法提問了。

歌種夜澄至今飾演的大多是可愛、傲嬌或悠哉型的角色……從來沒有參加過反派或陰暗角色的試鏡。

唉，雖然我還是會乖乖按照吩咐演……

「…………『我說啊，那又怎樣。錯的是設陷阱的我嗎？不對吧？要怪就怪你自己中了陷阱！別推卸責任啦，你這雜碎！』」

『……很好。那麼，下一頁的……』

由美子就像這樣持續飾演沒練習過的角色。

最後，無論是「艾莉西亞」還是「薩科」，她都落選了。

這到底是怎麼回事？

幾天後，某個週末的晚上。

由美子被經紀人加賀崎叫去經紀公司。

因為之前發生過的事情，她忍不住擔心是不是自己又闖了什麼禍。結果單純只是要講試鏡的事情。

好像是要把劇本交給她，另外還有話想當面跟她說。

由美子在空蕩蕩的會議室等了幾分鐘後。

「喔～由美子。不好意思，在這種時間把妳找來。」

一名雙手端著咖啡，將資料夾在腋下的帥氣女性——加賀崎林檎出現了。

加賀崎平常總是穿著筆挺的上衣搭配燙得平順的褲子，再披一件看起來很貴的外套，妝也會化得非常漂亮，但今天每項水準都差了一點。

「哎呀，討厭。年底真的是忙到爆炸。真讓人受不了。」

總是活力十足的她難得表現出疲憊之色。

這個業界也有年假，但許多工作都因此必須提前完成。

聲優當然不用說，就連聲優周圍的相關人士也很忙。

因為是加賀崎所以才只有略顯疲憊，經紀公司的其他人都已經變得像一堆屍體了。

「辛苦了。加賀崎小姐，再努力一下就放年假了。」

「如果會變得這麼忙，那小林檎寧願不要過年。」

這段話讓由美子露出苦笑。這應該是真心話吧。

加賀崎將熱咖啡放在桌上，面對由美子坐下。

她看著資料開口。

「呃～今天之所以找由美子過來，是因為有人想找妳去參加試鏡。」

「喔，真是難得呢。」

由美子發出鬆懈的聲音。這並不是什麼值得高興的事情。

試鏡的邀約本來就很常見。

製作方當然會有「雖然不確定要不要找這個人出演，但希望能先聽過演技再判斷」的想法，即使只是「想試聽一下」，也會發出邀約。

話雖如此，由美子只有在演出「塑膠女孩」時偶爾會收到邀約，最近幾乎都沒收到。

「是什麼樣的角色？哪部作品啊？」

由美子本來以為對方應該是需要像萬壽菊那樣的演技，但加賀崎沒有立刻回答。

她看著資料，露出有點微妙的表情。

「加賀崎小姐？」

由美子再次詢問後，加賀崎總算死心似的將資料攤在桌上。

「……請妳去試鏡的角色，是『幻影機兵Phantom』的白百合・梅伊。那好像是阻擋在主角櫻庭初音前面的宿敵，是影響劇情高潮的重要角色。」

「……啥？」

因為這句話太缺乏現實感，讓由美子發出奇妙的聲音。

她緩緩拿起資料。

然後自然地吐露出疑問。

「為、為什麼？『幻影機兵Phantom』……是神代動畫，因為預算十分充裕，所以通常只錄用老手和演技派吧。」

神代導演製作的作品，通常會有沉重的世界觀加上許多十分講究的機械、機器人登場。

他的作品被稱為神代動畫，非常受觀眾歡迎。

聲優陣容也十分豪華，新人聲優通常無法參與。

所以當敲定由夕暮夕陽領銜主演時，才會讓許多人感到困惑。

那麼厲害的作品居然邀自己去試鏡。

由美子在高興之前，心裡首先產生疑問。

好比說。

「……加賀崎小姐，是妳做了什麼嗎？」

加賀崎林檎是巧克力布朗尼數一數二的能幹經紀人。

該不會是她透過人脈做了什麼吧？

然而，當事人聳著肩膀回答。

「不，我什麼都沒做。我也不曉得為什麼會收到邀約。坦白講，我本來以為是夕暮或神代導演給的人情……但那位導演是出了名的死腦筋。而妳也很清楚夕暮不會做這種事吧。」

「………………」

由美子默默點頭。

明明是最現實的解釋，卻又最不可能是這樣。

「聽說這個白百合・梅伊的選角進展得很不順利，所以才要再辦一次試鏡。然後杉下音效指導就指名由美子來試鏡。」

「是音效指導指名的？啊……」

該不會是跟之前那件事有關吧？

在參加尤凱的試鏡時，由美子一直被要求扮演其他角色。

由美子一講出這件事，加賀崎就托著下巴思索。

「原來如此。因為由美子平常不會飾演這種角色，所以我才覺得特別奇怪……原來發生過這樣的事情啊。」

聽完加賀崎的話後，由美子看向資料。

白百合．梅伊是主角櫻庭在駕駛員訓練校的同學。

白百合將櫻庭視為勁敵，拚命努力想要追上她。

但直到畢業典禮，白百合才發現櫻庭對自己根本沒什麼印象。

白百合因此對櫻庭產生瘋狂的執著，加入與其敵對的反抗軍，阻擋在櫻庭面前。

而且好像是個為了擊敗櫻庭，不惜對頭腦和身體進行改造……言行與性格都不穩定的角色……

「……不行不行！我從來沒演過這種角色耶！」

因為是對方主動邀約，由美子原本以為是要扮演像歌種夜澄那樣開朗的角色。

相較於一臉困擾的由美子，加賀崎看起來倒是很開心。

聲音也相當興奮。

「不，由美子比較適合演這種敵方角色呢。我本來也想讓妳應徵這種角色。這個邀約來得正是時候。」

「咦、咦？呃，可是加賀崎小姐。我平常都是應徵其他……」

「嗯，妳通常都是扮演比較女孩子氣的角色吧。這是社長的方針，他希望讓新人接偶像聲優類型的工作，所以應徵的角色自然也比較偏那種類型。雖然我之前有跟上層討論過幾次，但得到的回覆都是暫時還不行。這次不僅收到邀約，在問過社長後也獲得了許可。」

加賀崎開心地大笑。

……不對，這到底有什麼好笑的……？

雖然自己確實已經無法從事偶像聲優類型的工作，但並沒有被經紀公司捨棄嗎……？

由美子甩掉這樣的不安，重新看向資料。

她拿起劇本確認台詞。

「必須好好練習才行……呃，加賀崎小姐，試鏡是辦在什麼時候？」

「明天。」

「明、明天？」

「早上十點。」

「早上十點？」

從明天早上十點開始。

這樣幾乎沒有時間練習。

雖然聲優經常突然被排滿行程，但這也未免太趕了。

就在由美子心裡不斷冒著冷汗時，加賀崎愧疚地開口：

「對方那邊的情況好像也很混亂……連資料都是今天才送到。所以我才特地把妳找來公司。」

雖然不管哪裡的工作現場都很忙碌……

但明天也太……

就在由美子緊盯著劇本時，加賀崎靜靜地笑了。

「雖然這麼說不太好，但妳不用太緊張。畢竟這可是神代動畫，是許多老手就算做好了萬全準備，還是會被刷下來的作品。妳就當作是去考個紀念吧。」

「說、說得也是。嗯，確實如此。」

如果是集齊了這麼多負面條件的高難度試鏡，那由美子也能死心。

她當然還是會練習，但也要小心不要因為睡眠不足影響身體狀況或睡過頭。

她明明是這麼想的。

結果歌種夜澄很乾脆地被選上了。

「夕陽與～」

「……？夜澄的～」

「「高中生廣播！」」

「大家早安～我是夕暮夕陽～」

「咦，呃，咦？大、大家早安啊，我是歌種夜澄……？」

「這個節目是由碰巧就讀同一間高中，又剛好同班的我們兩人，將教室的氛圍傳遞給各位聽眾的廣播節目！」

「等等等、等一下啦。咦，妳是怎麼了？」

「為什麼這麼問～？小夜，怎麼了嗎～？」

「問題就出在這裡！咦，為什麼現在是小夕模式？節目才剛開始吧？今天從一開始就要扮演小夕和小夜嗎？咦，不對吧？這是怎麼回事？」

「呵呵，小夜真是的，一口氣說了好多話呢～不用這麼動搖吧～」

「好可怕好可怕好可怕～我的廣播搭檔好可怕！各位，這樣非常可怕！這是什麼新的裝傻方式？別鬧了啦！」

「哎呀，其實我今天心情不太好。」

「唔哇！別突然變回來啦！情緒起伏太大會嚇到人啦！」

「吵死人了……一下叫人這樣，一下叫人別這樣。真的是吵死人了。妳到底想怎樣啊？」

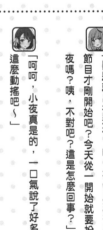

夕陽與夜澄的高中生廣播！

「那是我這邊的台詞吧。咦，剛剛的表現跟妳心情不好有什麼關係？」

「當然有關係。再怎麼說都不能在情緒不穩定的狀態下錄音吧。不過既然一定會感到煩躁，不如扮演其他角色。」

「妳的心理狀態是怎麼回事？妳的心臟該不會是靠油在動吧……話說回來，妳為什麼心情不好啊？」

「不得不應付像妳這樣的人，心情當然會不好吧？光看就讓人不爽，這某方面也算是一種才能了。妳該不會擁有光是待在那裡就能讓人感到煩躁的能力吧？」

「啊？那是什麼能力。妳陰沉的個性都表露無遺了。應該是世界上所有陽光的人都會讓妳感到煩躁吧。在不甘心地跺腳嫌棄別人太耀眼前，先習慣一下光明怎麼樣？一直待在陰暗的地方，當然會覺得明亮的地方刺眼。」

「又來了。我真的很討厭妳這種地方。你們這些人做的事情，就像直接用手電筒照人，然後問『是不是很刺眼』。而且…………」

夕陽與夜澄的
YUHI to YASUMI no KOUKOUSEI RADIO!
高中生廣播！

to be continued……

「……早安。」

「早、早安……」

儘管勉強做出回應，由美子仍驚訝到僵住。

就在她從鞋櫃拿出室內鞋的時候。

突然有人向她打招呼。

是渡邊千佳。

兩人在工作時當然曾互相打過幾次招呼。

但這或許是千佳第一次在校內主動跟她打招呼。

如果是因為千佳今天心情特別好，那還能夠理解。

但她今天看起來心情非常差。

望向這裡的眼神十分冷淡，背後甚至散發出漆黑的氛圍。

就算她現在手上拿著菜刀，看起來也不會顯得不自然。

「呃……有、有什麼事嗎？」

不僅如此，千佳還一動也不動地盯著這裡看。

看來她不是特地過來打招呼的。

話雖如此，她什麼也沒說就直接離開了。

「她、她到底是想怎樣……好可怕……」

是由美子做了什麼惹她生氣的事嗎？

然後碰觸到她的逆鱗，讓她懷恨在心？

「能想到的可能性太多了……」

畢竟由美子三不五時就會惹她生氣。

根本無法推斷是哪件事碰觸到她的逆鱗。

由美子思索著原因走進教室，然後若菜立刻過來向她搭話。

「早安，由美子。話說妳知道小渡邊怎麼了嗎？」

若菜將臉湊到由美子耳邊，悄聲問道。

由美子看向若菜指示的方向，發現千佳正坐在自己的座位上。

而且看起來果然還是一臉不悅。

她的眼神原本就很凶惡，現在更是散發出奇妙的魄力。

「天曉得……就算問我也不可能會知道吧。」

不如說由美子還比較想知道原因。

這樣的回應，讓由美子不悅地嘟起嘴巴。

「可是，小渡邊不開心的理由，一定是跟由美子有關吧？」

「才沒這回事……」

遺憾的是，由美子無法如此斷言。

並不是因為兩人之間有什麼特別的關係，單純是只有由美子和她有接觸。

「怎麼了？妳和小渡邊吵架了嗎？」

「我們平常就一直在吵架吧……」

「妳又說了什麼話惹她生氣了吧。」

「我平常就一直在惹她生氣吧……」

真的不曉得她是怎麼了。目前實在是束手無策。

不過其實也無所謂。

即使千佳心情不好在生氣，那又怎樣？

放著不管就好了。

由美子一點都不想討好她。

……如果是平常的話。

「真是太不走運了……」

現在狀況不一樣了。

由美子前陣子收到了「幻影機兵Phantom」試鏡合格的消息。

不過在高興之前，由美子心裡首先浮現的是困惑。要與一群老手共事也讓她感到畏縮。

在演員名單中，她只認識千佳一個人。

坦白講很可怕。

由美子想事先跟千佳確認現場的狀況，之後在現場或許也需要她幫忙。

因此如果千佳現在鬧脾氣，由美子會很困擾。

「不過，我真的不曉得她為什麼生氣。能想到的可能性太多了。」

「那樣也是有問題吧……總之先道歉如何？反正絕對是因為由美子。」

「被人這樣斷定也很討厭……而且她一定是那種別人一道歉就會說『妳知道我為什麼生氣嗎』，然後氣得更厲害的類型。」

「哇，好麻煩。由美子真辛苦。」

與嘴巴上說的話相反，若菜不知為何顯得有些開心。

居然因為事不關己就這樣……由美子朝若菜投以怨恨的視線，但後者依然不改笑容。

那麼，該怎麼辦才好呢？

即使千佳真的是因為自己才不開心，也無從得知原因。

而且事到如今，原因已經不重要了。

重點是如何讓千佳恢復心情。只要能讓她心情變好就行了。

而說到最能讓千佳開心的方法——

「靠食物嗎？」

千佳就像個小孩子一樣，經常受到食物吸引。
只要請她吃好吃的東西，心情自然就會變好吧？
由美子抱著這樣的想法，看向自己的書包。

午休時間。
由美子發現千佳一如往常地帶著書包走出教室。
她看著千佳離開，然後對若菜說道：
「不好意思，我出去一下。」
「喔。了不起了不起。是要去和好吧？」
若菜這段話，讓由美子露出苦笑。
先不管被朋友看穿這件事，究竟兩人能否順利和好呢？
由美子拿起自己的便當盒，離開教室。
午休時間有許多學生聚集在走廊上，聲音非常熱鬧。
千佳穿過那些人之間。由美子追了上去。
即使提議一起吃午餐，應該也會被拒絕。
那傢伙就是這種人。而且由美子也不太想主動提出這種邀約。

因此她打算跟平常一樣，等千佳開始用餐後再強硬地坐到旁邊。

明明是這樣打算的。

「奇怪？她不是要去外面嗎？」

發現千佳沒有走向換鞋區後，由美子開始著急。

她本來以為千佳會和之前一樣，去沒有人的校舍邊緣用餐。

原本不擔心會跟丟的由美子，是拉開距離跟在千佳後面的。

因此她急忙縮短距離。

然而，等她彎過走廊時，千佳已經不見人影。

「咦……？不會吧，她跑去哪裡了……」

由美子走在冷清的走廊上四處張望。

和剛出教室時不同，這條走廊上空無一人。她徹底跟丟了。

輕率地認為千佳會在跟平常一樣的地方用餐是個敗筆。

現在是十二月。這麼冷的天氣，怎麼可能在外面用餐？

話雖如此，她也想不出千佳還會去哪裡。

「什麼事？」

「咿呀！」

側面的門突然開啟，嚇得由美子輕聲尖叫。

千佳則是毫不掩飾不悅的表情看向由美子。

這裡應該是空教室。

雖然有擺放桌椅，但沒有學生，窗簾也都拉起來了。

「呃，那個……渡邊，妳現在都在這裡吃飯嗎？」

「沒錯。因為外面很冷，如果被老師發現會挨罵，所以我是偷偷利用這裡的。然後就看見妳像是快哭出來似的，驚慌失措地出現在走廊上。」

「我、我才沒有快哭出來。」

由美子不滿地反駁，但千佳以冰冷的視線回應。

她果然在不爽。

「所以妳想幹嘛？妳是追著我過來的吧。」

千佳淡淡說道，由美子越過她的肩膀窺視教室內的狀況。

在最角落的靠窗座位放著書包。

旁邊有一份剛開封的三明治。

「我、我……我沒什麼特別的事情……只是也想在這裡吃午餐……」

由美子撒了一個明顯的謊。

千佳像是想說什麼般緊盯著她。

「……隨妳高興吧。」

千佳簡短說完後，就直接轉身嘆了口氣。

由美子坐到千佳旁邊，打開便當盒。

千佳開始默默吃起了三明治。空出來的另一隻手拿著劇本。

因為加了書套，所以看不出來是什麼劇本。

……那是Phantom的劇本吧？

一察覺這件事，由美子內心就感到一陣衝擊。

由美子通過了白百合的試鏡，但那個角色對她來說過於沉重，重到甚至讓她難以啟齒。比起喜悅，更多的是困惑和壓力。

不過，只有現在這一刻不同。

渡邊，我合格了。我通過Phantom的試鏡了。我將和妳一起演出神代動畫。

妳應該知道吧？

我又可以在妳身邊演出了。

由美子的內心充滿了這些想法。

只是這些話，她實在是說不出口。

而且她必須先讓千佳消氣。

「我開動了。」

由美子打開便當盒的蓋子。

這個便當就是她的祕密武器。

今天的便當裡，裝了能夠吸引千佳興趣的菜色。

「姊姊，妳看一下這個。」

由美子亮出便當給千佳看。

千佳剛開始表現得毫無興趣，但一看見由美子指的菜色，就露出驚訝的表情。

「漢、漢堡排……？佐藤，妳帶的便當裡居然有漢堡排……？」

千佳將臉湊向便當盒，緊盯著漢堡排。

那是一塊圓形的漢堡排。雖然尺寸不大，但在小小的便當盒中充滿了存在感。表面的顏色烤得相當誘人，令人食指大動。

千佳猛然抬起臉，輕輕搖頭。

「……不，這一定是那個吧，是冷凍食品對吧？最近就算是冷凍食品也很講究。沒錯，不然帶來學校的便當怎麼會有漢堡排？」

「不，這是我今天早上煎的。昨天的晚餐是漢堡排，所以我順便多做了一些生的備著。」

「…………！」

千佳一臉驚訝地看向這裡。真是明顯的反應。

因為早上只需要煎熟漢堡排，不需要花太多工夫。

「佐藤……妳從早上就在用平底鍋嗎……？還有用油……？」

「咦，重點是這個嗎？」

「妳今天四點就起床了嗎？」

「呃，只是用個平底鍋，不需要這麼鼓起幹勁早起吧……」

由美子知道千佳連荷包蛋都煎不好，但沒想到她這麼不擅長用平底鍋。

既然如此，這塊漢堡排的價值應該比想像中還要高。

由美子指著漢堡排問道。

「渡邊，妳要吃這個嗎？我肚子沒有很餓。妳喜歡漢堡排嗎？」

「喜、喜歡是喜歡……呃，不、不過，可以嗎？居然請我吃手做漢堡排……這麼貴重的東西……」

不出所料，千佳不斷偷瞄那塊漢堡排。

由美子在心裡笑道「順利讓她上鉤了」。

千佳之前說過喜歡吃的東西有蛋包飯、咖哩和多蜜醬，可見她的喜好和國小男生差不多。所以由美子推測她應該喜歡漢堡排，結果果然不出所料。

真是個好懂的傢伙。

快點吃下這個漢堡排，讓心情好轉吧。

此時，由美子看向千佳的三明治。

啊，沒有筷子呢。

由美子用筷子將漢堡排切成一口大小，送到千佳嘴邊。

「來，姊姊，嘴巴張開。啊——」

千佳原本還在猶豫，但一看見漢堡排靠近，眼神就變得閃閃發光。

她張開嬌小的嘴巴，將臉湊了過去。

「啊、啊——」

然後，就在千佳準備吃下漢堡排的瞬間。

她猛然將身體往後退，整個人僵住。

「咦，怎麼了？來，嘴巴張開。很好吃喔。」

即使由美子這麼說，她依然不肯張開嘴巴。

千佳閉上眼睛，移開視線。

「……我不需要。」

然後以冷淡的聲音如此回答。

簡直就像想起自己剛才還在鬧脾氣。

千佳一恢復不悅的表情，就開始小口吃起了三明治。

唔……失敗了啊……明明就只差一點。

她原本差點就要上鉤了，結果卻在最後一刻前掙脫。

正因為這招有效，才更讓人不甘心。

而且，由美子原本輕率地認定「一定能用食物討好她」，所以一旦失敗會很困擾。

該怎麼辦才好？

說到其他能讓千佳心情變好的東西……或是她喜歡的東西……

……胸部嗎？

千佳對胸部的執著比對食物還要強烈。

即使她能忍住不吃漢堡排，只要問「要摸胸部嗎」，她一定會立刻上鉤。

可是……「要摸胸部嗎」這句話實在有點……

自己主動說這種話，實在讓人洩氣。而且要是讓她養成習慣也不好。

由美子無奈地開始默默吃起了便當。

兩人安靜地用餐，沒有任何對話。

明明今天要錄廣播。

這樣真的沒問題嗎？

控制室說可以休息一下後，由美子輕嘆了口氣。

千佳一開始錄音就進入小夕模式，讓由美子困惑了一下，但錄音本身進展得很順利。

只要開始錄音，就會變得跟平常一樣。

由美子旁邊坐著編劇，千佳則是坐在對面。

桌上放著四支麥克風和四個開關盒。另外還有劇本、小時鐘和她們各自的飲料。

玻璃對面是控制室，大出導播與其他工作人員一起坐在器材前面。

錄音進行得很順利，但千佳看起來果然還是很不開心。

她到底在氣什麼？

雖然千佳來到錄音室後就沒有表現在臉上，但由美子再次想起兩人在學校的對話。

即使趁錄音時委婉地詢問原因，還是沒有獲得明確的回答。

「不好意思。我去一下洗手間。」

千佳起身離開座位。

目送她離開後，由美子看向編劇朝加美玲。

朝加隨便用橡皮筋綁住瀏海，露出來的額頭上貼著退熱貼。

她沒有化妝，眼睛底下的黑眼圈十分醒目。

身上穿著整套運動服，打扮得相當休閒。

由美子將臉湊向外表怎麼看都不像正在工作的她。

「我說小朝加，夕好像在生氣，妳知道為什麼嗎？」

「咦？妳說小夕陽嗎？就算妳這麼說，她本來就經常對妳生氣吧。」

「呃，雖然是這樣沒錯，但這次不一樣。」

由美子突然覺得她們的關係真的很複雜。

「她確實從平常就在生氣，但她今天生氣的方式跟平常不同，是另一種生氣方式。儘管她平常也會生氣，但不像今天這麼生氣。」

「妳到底在說什麼？」

由美子不得要領的說明方式，讓朝加覺得非常好笑。

朝加看向錄音間外面，雙手抱胸。

「意思是小夕陽在對小夜澄生氣，所以不自覺地表現出怒氣嗎？啊哈哈，小夕陽真可愛。」

朝加笑著說道。

由美子忍不住抱怨這一點都不好笑。

「哪裡可愛了？我可是很困擾呢，因為這樣就沒辦法問她事情了。」

「喔？說得也是，畢竟小夜澄平常會選擇直接忽視……原來是她心情不好會讓妳很困擾，所以才想知道原因啊。」

「感謝妳理解得這麼快。」

由美子真的很感謝朝加如此敏銳。

既然她對主持人的變化如此敏感，或許能輕易推測出千佳不高興的原因。

然而，由美子的期待落空，朝加聳肩回答：

「我不知道呢。雖然我猜是因為小夜澄做了什麼事。」

「唔……」

由美子開始想抱怨……為什麼每個人都把責任推到她身上？

但實際上，她也完全無法反駁。

「可是，這次錄音的過程很順利。上次也一樣，感覺小夜澄並沒有做出什麼嚴重的失言。所以小夕陽應該是為了別的事情在生氣吧。」

「別的事情……？」

由美子確實沒想過這個可能性。

畢竟她和千佳的交集就只有這個廣播，平常在學校也不會對話。就算想惹她生氣也沒機會見面。

別說是找到答案了，情況反而變得更加撲朔迷離。

由美子下定決心離開座位。

幸運的是，最了解夕暮夕陽的人今天也在這裡！

「成瀨小姐。」

由美子向正在控制室和大出說話的成瀨珠里搭話。

她隸屬於演藝經紀公司藍王冠，同時也是負責夕暮夕陽的經紀人。

成瀨有著一副與身上的西裝不太搭調的娃娃臉，眼鏡偶爾也會戴歪。不過儘管從外表難以想像，但她似乎是業界數一數二的能手。

由美子的聲音讓成瀨嚇了一跳，困惑地問道：

「歌種同學，怎麼了嗎？」

「那個～我想問妳一些關於夕的事情。她好像在生氣，成瀨小姐，妳知道為什麼嗎？」

如果連成瀨也不知道原因，那就只能放棄了。

由美子向成瀨求助，但後者的反應出乎她的預料。

成瀨像是感到開心似的笑了。

她以彷彿在看著可愛妹妹般的眼神，開口說道：

「那不是在生氣喔，只是在鬧彆扭。不過因為不想承認自己在鬧彆扭，所以態度才會變得不自然。小夕陽真可愛。」

鬧彆扭？

雖然對這樣的形容感到有些介意，但成瀨似乎知道千佳不開心的原因。

覺得機不可失的由美子，進一步靠近成瀨追問。

「那個，成瀨小姐，妳說夕在鬧彆扭是怎麼回事？她為什麼會鬧彆扭——」

「——嘖。」

突然其來的咂舌聲，讓由美子嚇了一跳。

千佳已經從洗手間回來，而且站在能夠聽見兩人對話的地方。

儘管她面無表情，但明顯散發出陰暗的氣息。

雖然成瀨說千佳在鬧彆扭，但她現在或許已經徹底變成在生氣了……

「呃，那個，渡邊……？」

由美子試圖解釋，但千佳直接穿過她旁邊。

「成瀨小姐，請不要說多餘的話。」

千佳對成瀨丟下這些話後，就立刻返回錄音間。

看來這下不妙了……

成瀨愧疚地垂下肩膀。

「對、對不起，歌種同學……我可能說了多餘的話……」

「……不，我反而因此下定決心了。」

追根究柢，真要說起來。

為什麼自己得像這樣看千佳的臉色！

「成瀨小姐，我們走吧。」

錄音結束並和工作人員打完招呼後，千佳率先準備離開。

「啊，渡邊。等一下。我有話要跟妳說。」

千佳聞言，便看向說話者。

但她立刻移開視線。

「我跟妳沒什麼好說的。成瀨小姐，我先走了。」

丟下這句話後，千佳就逃跑似的離開了。

成瀨驚慌失措地交互看向由美子和千佳。

由美子輕輕拍了一下成瀨的肩膀。

「抱歉，成瀨小姐，請給我一點時間。」

她沒等對方回應，就直接去追千佳。

由美子再次向正快步走在走廊上的千佳搭話。

「喂，渡邊，妳聽我說。喂，等一下啦。」

不管再怎麼喊，千佳都沒有停下腳步，只是情緒化地看著前方。

……不對，或許她是真的在生氣。

既然如此，就只能使出強硬手段了。

一走出錄音室，由美子就忍不住用力抓住千佳的手。

那隻手在冬天時顯得更加冰冷。

千佳沒有甩掉由美子的手，而是凶狠地瞪向她。

由美子現在已經多少習慣了那道銳利的眼神。

她沒有放手，看著千佳的眼睛說道：

「真是的，妳到底在氣什麼？妳不是一直在生氣嗎？告訴我理由啦。」

直接逼問後，千佳展現出令人意外的反應。

由美子本來以為她會反駁，或是開口罵人。

但千佳只是尷尬地別開視線。

就連回應的聲音也很微弱。

「……沒什麼。我並沒有在生氣，只是心情有點浮躁。」

「騙人。從妳的態度來看，一定是發生了什麼事。妳不說出來我怎麼會知道，有話直說才是妳的風格吧？到底是怎樣啦？」

說完後，由美子也覺得確實就是如此。

千佳一直都是有話直說。

如果她真的在生氣，根本不會表現出不開心的樣子，而是會直接跟當事人說。就是這點讓由美子感到奇怪。

「……對不起，我原本沒打算表現出來的。我之後會注意，所以放開我啦。」

原本一直表現得很倔強的千佳，居然開口道歉了。

既然如此，就更讓人在意原因了。

或許是由美子不自覺加重了力道，千佳看向握住自己的手。

「既然渡邊妳這麼說，就表示真的發生了什麼事吧。快點說清楚啦。這樣我們彼此都能舒暢一點。」

由美子像是在表示自己不會放千佳走般，將手握得更緊。

或許是終於放棄了。

依然不肯正視由美子的千佳，開始含糊其辭。

臉也逐漸漲紅。

她像是要開始說什麼難以啟齒的事情般皺起眉頭，用力反握由美子的手。

「……唔。」

千佳的聲音非常微弱。

聽不清楚的由美子將耳朵湊到她的嘴邊。

「什麼？怎麼了？再大聲一點……」

接著，千佳將額頭抵在由美子的頭上，大喊著將她推了回去。

「是Phantom啦，Phantom！我聽說妳通過Phantom的試鏡了！」

「吵死了！妳的音量設定只有靜音和最大嗎？」

由美子連忙將頭移開。

然後，她總算聽懂千佳在說什麼了。

「Phantom？啊，嗯，我是通過了沒錯……」

就在由美子想著原來千佳已經收到消息時，她的心裡又產生了新的疑問。

「不過，我通過試鏡跟妳心情不好有什麼關係……？」

由美子困惑地問道。

千佳用空出來的那隻手搓著手臂，難以啟齒般地緊咬嘴唇。

她的表情像是在忍耐什麼，臉也變得愈來愈紅。

不過，她隨即自暴自棄似的大喊：

「妳、妳知道我有多期待演出神代動畫嗎？我有說過那是我的夢想吧？妳知道我是抱持著什麼樣的心情參加試鏡嗎……！結、結果妳居然這麼輕易地……！一、一下就拿到了角色……！」

千佳一臉不甘心地瞪向由美子。

如果放著不管，她應該會開始氣得跺腳吧。

畢竟千佳現在就已經用力握緊拳頭，讓由美子的手也跟著痛了起來。

明明剛才摸起來還很冰冷，現在體溫卻因為興奮而上升。

由美子傻眼地看著那樣的千佳。

……原來這就是她之前不開心的原因。

「咦，什麼？妳是因為我通過了Phantom的試鏡才不開心嗎？搞什麼，這又不是我的錯。」

「是啊，沒錯！所以我才不想表現出來。我可是有好好地在顧慮妳。」

「不不不！妳根本完全表現出來了！不開心的心情表露無遺！不僅根本是在找碴，還用蹩腳的體貼賣人恩情！以強迫推銷來說未免太厚臉皮了吧！」

「又來了。我真的很討厭妳這種地方。妳才是強迫推銷吧？在我拿到角色開心的時候，突然從旁邊大喊『我也拿到了』強迫我接受。妳就是這點低俗。」

「為什麼我只是拿到角色就要被人這樣說啊？真要說起來，我原本只是收到邀約……」

「是是是，又來了又來了。又開始妳最擅長的展示優越感了。反正我就是沒有收到試鏡邀約。啊～真是氣死人了。妳總是能讓人感到不愉快，該不會是以此維生吧？」

「可以不要擅自生氣又捏造別人的工作嗎？我們又不是在互搶角色，只是一起演出而已……」

「哼。妳是因為事不關己才能講這種話。如果妳能演出泡沫美少女時，我突然跳出來說也要一起演出，妳一定也會表現出相同的態度。」

「我的心胸才沒這麼狹窄……」

由美子用力嘆了口氣。

之前這麼煩惱真的像個笨蛋一樣。

早知道不是自己的錯，就該早點問清楚。

由美子傻眼地看向千佳，但後者換露出驚訝的表情。

「……話說佐藤，妳從剛才開始就一臉鬆懈。雖然不曉得為什麼，但可以不要一直笑咪咪的嗎？」

「咦？」

千佳的話讓由美子摸了一下自己的臉頰。

儘管沒有自覺，但她明顯在笑。

覺得不妙的由美子試圖端正表情，但失敗了。鬆懈的表情已經變不回來了。

「…………？」

千佳露出懷疑的眼神。

由美子忍不住別過臉。

這也無可奈何。

畢竟千佳舉的例子實在太好懂了。

如果由美子因為確定能夠演出憧憬的「魔法使泡沫美少女」而開心得不得了。

卻在事後聽說夕暮夕陽通過了試鏡，心情一定會變得很複雜。

妳憑什麼？別鬧了，這可是我的夢想。別追過來啦。不要追上我。不准一臉理直氣壯地站在我旁邊！

不過由美子只會對千佳產生這種感情。

假如一起演出的人是乙女或芽玖瑠，她一定會坦率地感到開心，並慶幸能跟她們一起演出，就算對象換成其他前輩、後輩或同期聲優也一樣。

不過只有千佳不同。

只有夕暮夕陽不同。

不想輸給她的想法太過強烈，因為太過在意對方，才會產生複雜的感情。

看來千佳也是如此。

夕暮夕陽似乎對歌種夜澄懷抱著那樣的感情。

她因此忍不住感到不開心，還不自覺地表露出情緒，甚至不惜拒絕喜歡的漢堡排！

「喂，怎麼了？妳為什麼在笑？告訴我妳在笑什麼？」

「呃，沒什麼啦，真的沒什麼。嗯，我明白了。那我先走了。」

由美子愈是想著這些事，就愈無法壓抑臉上的笑容。

她遮住自己的臉，打算丟下千佳離開。

但這次換剛才還想逃跑的千佳追了上去。

她用力抓著由美子的衣襬。

「到底是怎樣？妳不說出來我怎麼會知道？有話直說才是妳的風格吧。」

「沒什麼啦。請妳不要跟過來。」

「啥？妳說什麼……喂，給我站住。」

由美子絕對不能告訴追上來的千佳原因。

但接下來不管過了多久，由美子都按捺不住臉上的笑容。

NOW ON AIR!! 第36回

「那麼，來讀下一封信吧。呃～這是化名『大叔臉高中生』同學的來信。『前陣子透過推特得知由夕姬演出女主角的「幻影機兵Phantom」已經開始錄音。非常期待節目播出！可以分享一下錄音時的狀況嗎？』」

「啊，這我也想聽。」

「『另外，夕姬曾說過最喜歡神代動畫。我也想聽妳訴說對神代動畫的愛！』」

「這我就不想聽了。」

「如果讓我講神代動畫，可是會講很久喔。這樣會占用許多節目時間，可以講嗎？」

「當然不行。這種事請妳自己在推特上自言自語就好。然後被奇怪的老粉纏上，展開無謂的爭吵吧。」

「這個嘛說到神代動畫的魅力通常首推機器人和機械那沉重的造型設定與動作當然我也覺得這部分很棒不過神代動畫的魅力還不只這些雖然每部作品都是如此但描寫人性的部分也很棒呢每個角色都很有深度所以無法徹底了解他們但現實也是這樣因此才更加寫實。」

「喂～這傢伙不聽人說話的毛病變得比平常還嚴重了。『大叔臉高中生』，你要怎麼負責啊？真是的～」

「當然，在Phantom中登場的角色們也一樣。我飾演的櫻庭初音同樣懷抱著各種複雜的思緒，敬請期待之後的播出。」

「啊，結束啦？雖然最後還是有宣傳到這點讓人不爽，但只要能結束就好。」

「都是因為妳在旁邊太吵，我才沒有講完。真是的，妳連乖乖聽人講話都辦不到呢。」

「啊？為什麼要講得好像是妳成熟地讓步一樣？妳只是用超快的速度在講動畫吧。既然要講，就不能更貼近聽眾的立場講嗎？」

「又來了。我真的很討厭妳這種地方。真要說起來，妳從一開始就沒打算聽吧？我這是在體貼每次都只會直接摀住耳朵說『這傢伙講話很快』的妳，所以怎麼看都是我的對應比較成熟吧。」

「這傢伙……話說妳先回答人家的另一個問題啦。信裡有問錄音時的狀況吧。到底是怎樣……」

「啊，時間好像已經到了。要收尾嘍。感謝大家的眾多來信——」

「等一下！還有時間吧！有什麼關係！稍微講一下啦！」

to be continued……

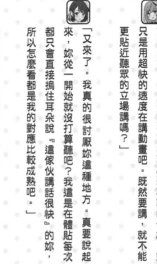

由美子參加幻影機兵Phantom錄音的第一天，終於來臨了。

她走在陰暗的天空下，朝錄音室前進。

最近太陽下山的時間提早了許多，回程時應該會是一片漆黑吧。

由美子吐著白色的氣息仰望天空，希望晚點不會下雨。

愈靠近錄音室，她的心臟就跳得愈厲害。

無論怎麼說服自己冷靜下來，她依然無法壓抑內心的激昂和緊張。

「唉……明明不是現場直播，還是好緊張。」

由美子露出逞強的笑容，自言自語地說道。

上次錄音這麼緊張，已經是第一次參加錄音的時候了。

就在她忍不住將手放在胸前安撫自己時，發現前面有個認識的人。

由美子幾乎是下意識地衝了過去。

「姊姊！早安啊～」

由美子跑到千佳旁邊。

雖然不想承認，但她因此鬆了口氣。

在這次的錄音現場，千佳是最能讓她放鬆的人。是她少數認識的對象。

只要和千佳聊天，應該多少能舒緩緊張。

「……早安。」

但千佳強勁的視線，讓由美子嚇了一跳。

和平常不同，千佳今天的眼神散發出強而有力的光芒。

她的精神非常集中，腦袋裡明顯只有錄音的事情。

「……不好意思，我現在沒有餘裕和妳聊天。」

千佳說完後，重新筆直注視前方。

「啊，嗯。我才不好意思……」

由美子坦率道歉，千佳現在散發的魄力就是這麼強。

連已經錄音過好幾次的千佳都是這樣。

Phantom的錄音現場果然非同小可。

由美子做好覺悟，走進錄音室。

首先是跟工作人員打招呼。

「啊，歌種同學，今天請多指教。」

由美子和「幻影機兵Phantom」的導演——千佳的父親神代導演簡單打完招呼。

在由美子的印象中，神代看起來不太可靠，總是在千佳和千佳母親面前露出困擾的表情。

碰巧在其他地方見到時，他也總是表現得很和善。

仔細想想，他那些時候並不是把由美子當成聲優，而是當成女兒的朋友對待吧。

現在的神代導演散發出嚴肅的氣氛，給人強烈的緊張感。

他一臉認真地看劇本，跟音效指導杉下討論事情。

今天是由美子第一次錄音，許多人對她來說都是生面孔。

她接連向其他陸續抵達的聲優打招呼。

「幸會，我是隸屬於巧克力布朗尼的歌種夜澄。今天請多指教。」

即使只是說些慣用的社交辭令，依然相當費神。

每當有新的聲優抵達，她都會差點發出驚呼。

畢竟那些大多是平常沒機會見到的老手。

如果只有一兩個人也就算了，但陸續抵達的都是些知名人物。

這難免會為新人帶來沉重的壓力。

就連平常擅長與人拉近距離的由美子，今天都很安分地只有打招呼。

即使不考慮這點，她也覺得錄音間內充滿了緊張感。

不曉得是老手們散發的氛圍使然，還是由美子過於緊張。

她不自覺地加重了握住劇本的力道。

「大家早安。嗯，阿哲……你還在穿那件老土的毛衣啊？這裡可是有真正的女高中生呢。這樣會被當成大叔喔。」

「吵死了！我本來就是大叔，穿這樣就行了。」

「啊，大輔先生，之前謝謝你請客。我找到一間有賣昂貴日本酒的餐廳，下次帶我去吧。那間店可是在銀座喔。」

「妳還是一樣不懂得客氣呢。妳知道之前花了我多少錢嗎？下次記得去跟我老婆道歉。」

一個輕快地與眾人打招呼的女性現身錄音間。

首先最引人注目的，是清爽的短鮑伯頭、細緻的肌膚和有品味的妝容。

年輕的舉止，讓人難以想像她已經快五十歲了。

或許是因為身材很好，黑色毛衣和牛仔褲的簡單搭配，穿在她身上也相當適合。是一個身材高挑苗條，站姿也很美麗的女性。

她露出少年般的笑容，爽朗地和其他演出者說話。

女子光是待在那裡，就讓周圍的氣氛變得開朗。

但由美子心裡反而變得更加緊張。

——是「魔法使泡沫美少女」第二代女主角，大野麻里小姐！

這部作品是讓由美子成為聲優的契機，而大野正是其中一名參與演出的聲優。

由美子和大野是初次見面。她找了一個機會上前打招呼。

「幸、幸會，我是隸屬於巧克力布朗尼的歌種夜澄。今天請多指教。」

她深深低下頭。

「嗯，請多指教。」

但只換來簡單的回應。

這讓由美子頓時無法繼續說下去。

自己十分尊敬大野，是因為看了泡沫美少女才想成為聲優，而且一直都在替大野加油等滿腔的激情。

由美子只能按捺在心裡。

她知道接下來的錄音很重要，也知道自己無法和大野變得更加熟稔。

有一件事曾在一部分人當中蔚為話題。

某個年輕聲優在退出業界前，爆了一堆料才銷聲匿跡。

其中一項內容就是「大野麻里對年輕聲優十分冷淡」。

那個年輕聲優的發言全都缺乏根據，被認為只是出於嫉妒的造謠……但大野事後居然自己證實了。

那是大野在某個廣播節目當來賓時的事情。

『啊～就是那個吧。說我對年輕聲優很冷淡的事情。我不知道其他發言是真是假，但這件事是真的。我通常會婉拒年輕聲優的酒會邀請，並和他們保持距離。』

『咦，說這種話沒關係嗎（笑）？可是，大野不是很受後輩仰慕嗎？我記得妳在錄音現場總是被一群人包圍。』

『是啊。被年輕人仰慕果然還是會讓人很開心，如果有人說「我是因為仰慕大野小姐才成為聲優」，阿姨我一定會立刻被擊沉。然後動不動就去找對方玩，或是帶對方去吃飯。還會覺得「我也開始散發出前輩風範啦」吧。』

『的確（笑）。妳以前也疼愛過許多後輩呢……但這有什麼關係嗎？』

『因為在過了十年後的現在，那些可愛的後輩們全都已經不在了。』

『啊……離開業界啦。』

『沒錯。雖然放棄的人會在下定決心後對我說「這段日子過得很開心」，但留下來的人聽了只會覺得空虛。真的全都走得一個不剩。那感覺實在太難受了。』

『我也有過類似的經驗。因為會顧慮彼此，脫離業界後就再也沒見面了。』

『沒錯。因為不想再經歷那種事，我現在只會和能留在業界的人一起玩樂。唉～爆這個料的聲優最後也沒留下來呢（笑）。各位後輩，如果想跟我一起玩，就等成名後再來吧。』

『真是討人厭的前輩（笑）。』

雖然當初聽見這段談話時大受打擊，但由美子果然還是很憧憬能夠乾脆說出這種話的大野。

總有一天，等哪天自己確信能夠留在這個業界後，就去向她搭話吧。

由美子在心裡暗暗發誓，大野也在同一時間轉身離開。

「請多指教。」

就在由美子準備回座位時，傳進耳裡的聲音讓她再次大吃一驚。

怎麼會有這麼好聽的聲音？

錄音間內有許多人在閒聊，所以還算吵鬧。

不過，在那當中有一道特別閃耀、堅定又悅耳的聲音。

即使音量不怎麼大，那道聲音依舊順暢地傳入耳中。由美子打了一個寒顫。

成為聲優後，由美子已經能夠理解那位女性的厲害之處，但她每次都還是會感到戰慄。

那位女性就連外表都顯得十分異常。

看似毫無魄力，彷彿在發呆的表情。長達腰際的秀髮，柔順到像是不屬於凡人。而且據說平常幾乎都沒在保養。

即使一臉愛睏的樣子，她的肌膚依然驚人地水嫩。

雖然女子的素顏看起來像二十幾歲，但實際上和大野一樣已經將近五十歲了。

明明大野看起來也很年輕，這位女性卻更像某種超越人智的存在。

身上的服裝也是非常樸素的黑色連身裙。

除非有造型師幫忙打理，不然她總是做這副打扮。

「喔～小森，妳今天也比較晚來呢。是之前的工作拖太久了嗎？」

「不，沒什麼特別原因。」

「森小姐，因為有人要我問，所以我姑且問一下，妳有打算參加『黑姬』的慶功宴嗎？」

「謝謝邀請，但我不會去。」

「我說啊，小森，妳好歹也留個聯絡方式嘛。每次大家都要我幫忙傳話。」

「就算留了，我也不會看手機。」

女子以平淡的聲音和老手們對話。

她不管面對誰都是這個樣子。

毫不在意打扮，只保持最低限度的人際關係。

簡直就像是除了配音以外，對什麼都沒興趣。

取而代之的是，她的聲音蘊含了極度吸引人，堪稱異常的魔力。

她能夠自由操縱聲色，聲音也充滿了深度。

甚至讓人覺得她就是因為削除了配音以外的一切，才能抵達這樣的境界——

女子名叫森香織。

是飾演「魔法使泡沫美少女」的第一代女主角，彷彿生來就是要當聲優的人。

由美子找了個適合的時機，去和森打招呼。

森在錄音間拉了一張椅子坐下，以優美的姿勢閱讀劇本。

由美子的招呼聲，讓森緩緩抬起頭。

「森小姐，好久不見。今天請多指教。」

「請多指教。」

簡短回答完後，森立刻將視線拉回劇本。

……森過去曾和由美子共同演出過兩次，但她一定已經不記得了。

不如說究竟有多少新人能讓她留下印象呢？

由美子忍不住下意識地看向千佳。

「喂喂喂，森～妳別總是擺著一張臭臉！偶爾也表現得親切一點嘛。是睡眠不足嗎？」

「真羨慕妳總是這麼有精神呢。」

森和大野像這樣對話。

晚點就能近距離見識到這兩個人的演技。

由美子一想到這裡，手就握得更用力了。

一開始錄音，錄音間裡的氣氛就瞬間變得緊繃。

接下來要進行完整的彩排，但並非正式錄音。

因為同時也會指導演技和進行各項確認，所以只是錄音測試。

但給人的感覺仍舊完全不同。

一般錄音的氣氛不會如此緊繃。

這個錄音間非常寬敞。前方的螢幕也很大，並擺了四支麥克風。

參加演出的聲優人數很多，所以長椅也很寬。

儘管和控制室有段距離，還是能清楚看見工作人員的臉。

……明明是這樣，但不知為何，依然能感受到強烈的壓迫感。

由美子擦著手汗，擔心會不會只有自己這樣覺得。

「妳的情報全都洩漏給我們親愛的敵人了，櫻庭，妳知道原因嗎？」

飾演奧利佛的藤本大輔，以沉重的聲音展現出略帶調皮的演技。

「等一下！我們之所以得撤退，全都是這個笨蛋害的嗎？」

森香織飾演的蘇菲亞，是一個年紀比櫻庭小，個性強硬的駕駛員。

「妳冷靜一點。現在不是說這種話的時候吧。櫻庭，妳應該知道原因吧？難道妳心裡沒底嗎？」

大野麻里飾演的艾瑪，是一個態度穩重，負責在司令部對櫻庭等人下達指示的女性角色。

「我不知道……我一點頭緒也沒有。為什麼認為我會知道……？」

然後是飾演「幻影機兵Phantom」的女主角——天才年輕駕駛員櫻庭的夕暮夕陽。

感覺只要稍微鬆懈，就會因為這個景象哭出來。

千佳正在眾多厲害聲優的圍繞下，飾演女主角。

雖然由美子討厭千佳，但這幾個月發生了許多事。

千佳跨越了許多困境，仍在繼續演戲。

雖然這讓由美子非常感動，但現在不是在意別人的時候。

由美子——歌種夜澄接下來也要和他們一起演出。

沒問題的。

她不斷告訴自己不會有問題。

通過試鏡後，自己不是一直在練習嗎？

讓內心冷靜下來後，終於輪到由美子演出的場景。

「…………」

她站在麥克風前面。千佳就站在她旁邊。

兩人的視線沒有交會，由美子默默等待音效指導杉下的指示。

心臟怦怦作響，甚至讓人擔心會不會被錄下來。

做了好幾次深呼吸後，從喇叭傳來了杉下的指示。

由美子翻著劇本，看向螢幕。

幾乎已經完成的影像動了起來，計時器上的數字開始快速跳動。

螢幕上持續播放作畫精緻的動畫。

雖然影像是角色的特寫，但她們的聲音都是從旁邊傳來。

「請等一下。敵方駕駛員要求通訊……要接通嗎？」

「是之前那個駕駛員嗎？嗯……請接通吧。」

「…………唔。」

千佳透過倒抽一口氣表現出驚訝後——終於輪到由美子登場了。

「啊——好久不見了。櫻庭。上次見面是畢業典禮的時候吧，還記得我嗎？燙傷太嚴重所以認不出來嗎？我是白百合・梅伊……妳以前的同班同學。想起來了嗎？」

螢幕上映照出一位臉有一半嚴重燒傷，和櫻庭同樣是個少女的駕駛員。

她的眼神十分陰沉，臉上掛著詭異的笑容。

聲音也與外表呼應，蘊含著危險的氣息，聽起來就像是精神有些異常——由美子以這樣的聲音詮釋角色。

雖然花了許多時間才調整出這樣的聲音，但她覺得完成度相當高。

『白百合對櫻庭懷抱著強烈的怨恨和自卑感。這是因為學生時期總是第二名的白百合，雖然將第一名的櫻庭視為勁敵，對方卻完全沒在注意她。所以請演出她對櫻庭的異常執著和復仇的念頭，以及將這些包含在內的瘋狂。』

這是導演在錄音前對由美子指導的演技。

由美子持續接受演技方面的指導，看來白百合真的是個重要的角色。

……雖然導演指示的演技和由美子預想的相差很大，但也只能努力調整了。

她剛才表現出的演技也是其中一部分。

但或許是表演得不太順利。

這個場景一結束，杉下就立刻下達指示。

由美子知道千佳同時看了這裡一眼。

「——歌種同學，妳表現出的本性有點太多了。白百合不會想被櫻庭發現自己懷抱著自卑感，演出時只要稍微顯露出來就好。也不能刻意表現得太過瘋狂。各方面都可以再壓抑一點。還有——」

杉下持續透過喇叭指導由美子的演技。

大量的資訊讓由美子手忙腳亂——

「好、好的！」

她只能勉強像這樣回應。

然後拚命消化這些指導。她在頭昏腦脹的情況下重新調整演技。

剛、剛才表露出太多感情了……所以……要先……

明明必須全力思考該如何表演，她卻忍不住想起了其他事。

我的表現就這麼差勁嗎？

杉下的語氣十分溫和，但基本上都是在否定由美子的演技。

被人這樣一口氣否定實在很困擾。根本無法振作起來。腦中描繪的演技無法與現實的演技一致。就算想調整也無法控制。太難了！深度不夠。挖掘得還不夠。就連對角色的解釋都錯了。根本完全不行。那麼，現在才開始重新調整根本——

「那麼，同樣的場景請重新再來一次。」

聽見杉下這麼說時，由美子鬆了口氣。

現在沒有餘力去想多餘的事情。

總之必須先按照指示調整演技。

儘管她是這麼想的。

不對，不如說由美子越是這樣想。

她的演技就越來越支離破碎。

「——這樣的話，就壓抑過頭了……隱藏感情和壓抑感情不同。會太困難嗎？希望妳可以將試鏡時展現的演技進一步提升……歌種同學，辦得到嗎？那麼，麻煩再來一次。」

「好、好的……我、我試試。」

杉下的聲音裡充滿了困擾和煩惱，這樣的指示讓由美子的心情變得更加沉重。

不曉得第幾次的重錄。

即使自認有按照指示演戲，還是沒有獲得認可。

正確答案究竟在哪裡？

由美子完全不曉得該怎麼做才能發揮正確的演技。

她只能不斷面對自己的不中用和實力不足。

感覺就像是被眾人批鬥一樣。

而且對象還是憧憬的聲優和演藝經歷是自己好幾倍的大前輩們。

以及夕暮夕陽。

由美子被迫在他們的圍繞下，持續展現尚未完成的不成熟演技。

自己耽誤了他們的時間，害他們等待了。

每次重錄都覺得時間異常漫長。

好焦急。好焦急。

越是焦急，演技就越不受控制。這點再次被指出來，然後又焦急得更厲害，根本是惡性循環。感覺一直在同一個地方繞圈子。

「……嗯，就先重錄到這裡吧。剩下的事情之後再討論。那麼，換下一個場景。」

「…………………！」

杉下的話，讓由美子忍不住看向控制室。

結果沒有成功錄音，只能先擱置了。

大概是判斷這樣下去只會沒完沒了吧。而且還會讓其他聲優久候。

先不管暫時無法改善的由美子繼續錄音，是個合理的決定。
但這讓她有種被捨棄的感覺。
由美子感覺眼淚彷彿要奪眶而出。
今天還要錄白百合和櫻庭的回憶場景。
因為必須演出白百合逐漸變得瘋狂的過程，屆時應該又會被要求展現不同的演技吧。
覺得那應該會很困難的由美子做了許多練習，並在做好覺悟後才來參加後製錄音。
結果在一開始就遭遇了挫折。
只有幾十頁的劇本變得沉重無比。
然後，如同她的擔心，錄音狀況非常不順利。
由美子演的場景全都特別費時，在重錄了好幾次後，獲得相同的宣告。
「……嗯，就先重錄到這裡吧。之後再來調整。那麼，換下一個場景——」
每當像這樣被打斷，由美子都覺得心如刀割。
因為那就等於在說她的演技完全不行。
強烈的感情讓人想要哽咽，但她只能拚命忍耐。
感覺只要稍微放鬆，就會輸給這股感情。
而且，那樣實在太難看了。
她不想被千佳看見自己那樣。

「歌種。喂，妳有在聽嗎？歌種！都說要錄背景聲了，妳打算坐著錄嗎？還是因為累了，所以打算全交給前輩們嗎？」

一道怒吼聲，讓由美子嚇得抬起頭。

剛才還坐著的前輩聲優們，已經站在麥克風前面。

所有人都看向這裡。

大野就站在那群人的中心，生氣地扠著腰。

由美子的臉色瞬間變得蒼白。

儘管歌種夜澄負責的部分還需要重錄，但其他主要的錄音都已經結束。

接下來只剩下背景聲——也就是街上的喧鬧聲、走廊上路人的對話，以及大聲加油等劇本上沒有台詞的聲音。現在就是要錄背景聲。

這通常是新人要率先進行的工作。

在錄音前的說明提到背景聲時，由美子也多次舉手表示自己要錄。

現在不是休息的時候。

「對、對不起……我、我馬上來錄！」

她連忙起身低頭道歉，站到麥克風旁邊。

「別發呆了。妳現在能親眼看見這麼多人展現演技，正常來講應該要兩眼發光地認真學習才對。」

「是的，對不起……」

大野一瞪，就讓由美子更加畏縮。

她說的完全沒錯，所以由美子的心情變得更加陰沉。

在經歷了種種失敗後，錄音總算結束了。

「那個，今天重錄了好幾次……真的非常抱歉……」

錄音一結束，由美子立刻向周圍的人道歉。

「歌種，妳等一下。」

某人將手放在由美子的肩膀上，打斷了她。

由美子一回頭，就看見了大野的笑臉。

她立刻明白那並非出於親切展現的笑容。

於是，由美子立刻針對剛才的事情道歉。

「對、對不起……剛才的背景聲……也耽誤了大家的時間……」

「是啊，沒錯。但我想說的是別的事。哎呀，我覺得妳也很辛苦喔，居然被要求重錄這麼多次。我也明白妳很累了——但妳那樣的態度，會給周圍的人添麻煩。」

思考瞬間停止。

雖然不曉得是怎麼回事——但自己正在被責罵。

「無法按照指示表演，確實是很辛苦。我也非常能夠理解。但妳知道待在一臉消沉的人旁邊是什麼心情嗎？這樣會連帶影響到別人的幹勁吧？坦白講，氣氛真的是糟透了。這樣我很難演。自己演不好也就算了，怎麼能連帶妨礙別人演戲呢？」

由美子的表情再次變得蒼白。

沒想到居然造成了這樣的影響。

「對、對不起——」

「不，我不是想要妳道歉。是想提醒妳下次要注意。製作動畫是團體作業。即使妳的演技完美無缺，也不能給周圍的人添麻煩，影響他們的表現吧？妳明白我的意思嗎？我想說的就只有這些。多注意一下周圍的人吧。」

大野說完這些話後，沒等由美子回答就直接離開錄音間。

由美子愣在原地。

內心瞬間激動起來。

她只想著自己的事情，甚至還讓大野說到這種程度。

此時，又有人將手放在她的肩膀上。

「歌種同學，妳方便留下來嗎？」

等錄音間只剩下她一個人時，杉下走了進來。

留下來。

如果錄音進行得不順利，就必須留下來繼續錄。

由美子以前也經歷過這種事，但還是第一次感到這麼難受。

「稍微休息一下，再重新錄音吧。」

「……好的。」

於是，由美子打開錄音間的門。

一來到走廊，就能聽見滂沱的雨聲。

啊，下雨了……由美子走在走廊上，逞強似的開始思考其他事。

她拖著緩慢的腳步走進洗手間。

幸好沒在這裡遇見其他人。

她走進個人間坐下。

在這裡就不會被別人看見。

「……啊……」

一產生這樣的想法，原本勉強壓抑的感情就一口氣爆發出來。

啊，真是太遜了。好丟臉。好難為情。為什麼？好難受。我受夠了。

內心的喪氣話化作淚水流了下來。

即使閉緊眼睛，還是止不住眼淚。

她徹底體會到自己是多麼無力。
好丟臉，好難為情，無論怎麼做都無法停止哭泣。
很久以前，她也曾在錄音時逃進洗手間。
當時也有像這樣流淚。
不過，那時候是因為被壞心眼的前輩和蠻橫的導演欺負。
不像這次錯的是自己。
好不甘心。
由美子緊握雙手，任憑自己隨著情緒哽咽。
「嗯……」
但之後她連忙壓抑自己，因為好像有人進來了。
儘管淚水無法立刻止住，她還是摀著嘴巴避免發出聲音。
不過她一聽見進來洗手間的人講話，身體就僵住了。
「我好像是第一次看見大野小姐斥責後輩。」
「咦，是嗎……？啊～因為妳第一集的時候沒來。唉～我平常也不會提醒別人，就算後輩犯錯我也不會想管。畢竟經紀公司不同。」
「喔，所以是因為真的看不下去嗎？」
「嗯？沒錯，或許就是那樣吧。」

一聽見大野開心的聲音，由美子就感覺自己彷彿被澆了一盆冷水。

不對，她還寧願真的被人澆水。

自己的態度真的差勁到連平常不會提醒人的前輩，都忍不住開口斥責的程度嗎？

等聽不見兩人的聲音後，由美子又再等了一會兒才走出個人間。

外面的雨聲還是一樣很大。

「……該回去了。」

她腦袋一片空白地回到錄音間。

無論自己再怎麼消沉，都還是要工作。

即使經歷了一番苦戰，她仍勉強錄完了今天的進度。

「……歌種同學，辛苦妳了。不好意思讓妳多留了這麼久。不過請妳好好消化今天提出的意見，繼續練習。下次要表現出更好的演技喔。」

「好的。」

結果即使重錄了好幾次，杉下看起來還是不太滿意。

即使不斷重錄和進行指導，最後也只有達到讓他勉強妥協的水準。

不是這樣，不應該是這樣。

不只由美子，他應該也同樣是這麼想的。

「不用擔心，等明年初才要進行下一次錄音。還有時間，不用太過拚命。今天辛苦了。」

「辛苦了。」

由美子低頭行了一禮後，與杉下道別。

他直到最後都是一副欲言又止的表情。

而杉下的話，也同時讓她想起距離下次錄音還有一段時間。

這麼說來，其他聲優在道別時也說了「新年快樂」。

新年快樂。

她現在根本無法對自己說這種話。

由美子有氣無力地走在走廊上。

窗外一片漆黑，雨也還沒停。感覺就連走廊也跟著變昏暗。

獨自踏著沉重的步伐穿過走廊時，她突然感覺到人的氣息。

由美子一抬起頭，便感到一陣揪心。

因為站在她眼前的，是她現在最不想看見的人。

「渡邊……」

她一臉尷尬地站在那裡。

看向這裡的眼神也十分無力，彷彿在猶豫什麼。

「妳怎麼在這裡？」

由美子不想見到她。

唯獨不想被她看見自己如此悲慘的樣子。

「呃——因為，我和爸……導演聊了一下。所以……」

千佳說到這裡就停了。

一陣沉重的沉默降臨。

由美子不知道千佳為何站在這裡。

不過無論她接下來說什麼，對現在的自己來說都只是毒藥。

即使是像平常那樣怒罵或嘲笑，由美子也沒信心能夠承受。

絕對會難看地亂發脾氣。

不過，由美子最害怕的是——

如果被她安慰。

到時候自己的內心一定會立刻變得支離破碎。

所以，由美子只能主動開口。

「啊、啊～錄音時表現得好差啊，虧我還有練習過。大家果然都是老手，讓人很緊張呢。我下次絕對不會再被要求重來了。畢竟離明年初還有一段時間～到時候一定也會變得比較習慣……」

由美子刻意以開朗的聲音傻笑著說道。

為了保護自己的內心，她只能這麼做。

千佳一聽，隨即露出驚訝的表情。

她的表情逐漸蒙上一層陰影，輕輕皺起眉頭。

千佳銳利的視線並非朝向這裡，而是看向地面。

然後，她以像是發自內心感到失望般的聲音嘟囔道。

「——我沒想到妳表現成那樣後，居然還會找藉口。」

失望。

她表現失望的方式堪稱模範。

千佳就這樣什麼都沒說，直接轉身離開。

她的背影漸行漸遠，中間連一次都沒回頭。

由美子只能呆站在原地。

雨水打在建築物上發出聲響。

一片空白的腦袋裡只剩下雨聲，根本聽不進其他聲音。

她不曉得就這樣待了多久。

最後才像是突然想起怎麼活動身體般，緩緩往外面走。

一走到外面，冷空氣就迎面而來。

雨越變越大，滂沱的雨聲聽起來十分刺耳。

漆黑的世界裡感覺不到其他人的氣息，只能看見遠方的微弱燈光。

雨在地上反彈成小水滴，打在她的腳上。

由美子沒有撐傘。

裝著折疊傘的包包被忘在錄音室裡，但她在想起這件事前就踏進雨中。

雨勢突然變得激烈。

頭髮和衣服被淋濕，體溫也一口氣下降。

不能這樣淋雨。

萬一感冒怎麼辦？必須快點回去。

儘管腦袋裡是這麼想的，身體依然持續在雨中行走。

走了一會兒後，眼前出現一條河川。

湍急的河水轟隆作響，氣勢不輸這場大雨。

由美子望著那條河，將手放在扶手上。

這段期間，雨水仍不停打濕她的身體。

周圍空無一人。

她盯著前方，用力吸了口氣。

肺裡充滿冰冷的空氣——然後朝著河川一口氣吐出來。

「啊————————————！」

由美子將身子探出扶手，放聲吶喊。

在充滿了雨聲和河水聲的夜晚，由美子的聲音直接傳了出去。

「為什麼！為什麼！為什麼我辦不到……！努力得不夠！理解得不夠！實力也不夠……！好不甘心……！不甘心不甘心不甘心……！可惡……可惡……！討厭，我討厭這樣……！可惡……！」

由美子吶喊著，呻吟著，遵從內心的感情發出聲音。

她抓著扶手緩緩癱坐在地上，用力握緊手。

在將手握到失去知覺後，她將從心裡滿溢而出的感情——炙熱到彷彿能融化什麼，在寒冷的室外也能將雨蒸發的感情吐露出來。

「渡邊……！渡邊……！妳竟敢、竟敢……！渡邊……！」

那句話讓她打擊很大。

非常地大。

被人說了那樣的話，要怎麼保持平常心？

她難堪的樣子被千佳從頭看到尾。

明明光是這樣就夠屈辱了，還被說了那樣的話。

讓千佳那麼失望。

好不甘心。好不甘心。不甘心不甘心不甘心。停下來。不要看。不要看我。別對我失望，別放棄我，別再繼續說了。我把妳。我和妳。為什麼？不一樣。不應該是這樣。為什麼會有這麼大的差距？妳不是也曾墮落到這個地步嗎？然而，為什麼？為什麼？不對、不對不對不對不對，不是這樣——！

感情在自己心裡狂暴地翻騰。

明明手早就已經沒有感覺，她依然緊緊握住扶手。

負面的感情接連燃燒，化為另一種巨大的感情。

全身都在發燙。

明明身體已經冷透了，燃燒的熱血仍將熱量傳送到全身各處。

由美子用力咬緊牙關。

「會就這樣結束嗎……怎麼能就這樣結束……！」

熊熊燃燒的鬥志，從內部溫暖了身體。

由美子感覺自己的吐息逐漸變熱，同時站起身來。

「——不好意思，加賀崎小姐。妳明明很忙。」

「不，我才不好意思。我本來打算至少要去Phantom的錄音現場……」

加賀崎難得露出困擾的表情。

她的表情和之前見面時一樣疲憊不堪。

加賀崎嘆了口氣，將咖啡杯放到桌上。

「可是之後又變忙……為什麼年底總是這樣……因為現在是由美子的關鍵時刻，我本來是想盡量陪在妳身邊……」

錄音結束後，由美子先回家一次，然後拜訪了經紀公司。

會議室裡只有由美子和加賀崎兩人。

桌上放著兩杯咖啡和劇本。

由美子將手放在劇本上，筆直凝視著加賀崎。

「不好意思在妳正忙的時候打擾，但希望妳能協助我。我今天錄音錄得非常不順利。」

「……似乎是這樣呢。」

加賀崎端起咖啡，低頭看向劇本。

「妳在困擾什麼？想要我幫妳做什麼？」

「請妳幫忙聽聽看我的演技，我會把音效指導說過的話都告訴妳，請妳教我該怎麼做。」

「我知道了。」

加賀崎簡短回答後，由美子將劇本交給她。

台詞都已經背在腦袋裡了。

由美子告訴加賀崎頁數，然後展現出跟在錄音室時一樣的演技。

唸完所有台詞後，加賀崎表情凝重地思索著。

「我也有好好看過白百合的資料……但這樣的演技還是被說不行嗎？」

加賀崎驚訝的反應，讓由美子有點獲得救贖的感覺。

話雖如此，既然音效指導都這麼說了，當然還是不行。

加賀崎也明白這點，並往前探出身子問道：

「那麼，他有給妳什麼具體的建議嗎？」

由美子鉅細靡遺地說出杉下給的指導。

加賀崎看著劇本頻頻點頭，但聽到後面就停止點頭。

等由美子說完後，她摸著下巴說道：

「……妳把他今天說的話全都記下來啦。真虧妳記得住。」

「咦？呃，是啊。畢竟是針對我說的話。」

「這樣啊……嗯，我知道了。不過話說回來……」

本來以為加賀崎要說些什麼，但她動也不動地看著劇本。

「不……這個……」

加賀崎表情凝重地陷入沉思。

因為對方一聲不吭，由美子不安地看向她的臉。

「加賀崎小姐？」

「嗯。沒事。沒什麼啦。」

加賀崎淺淺一笑，但立刻掩飾般地揮了揮手。

等恢復認真的表情後，她緩緩開口：

「──嗯。我是這麼想的。音效指導想要的演技，果然還是妳在試鏡時展現的演技。」

「嗯、嗯，我也這麼認為。實際上他也說過希望我可以將試鏡時展現的演技進一步提升……但我也照他的吩咐做了。之前試鏡時準備不足，演技還不夠完善，不過我之後有努力練習調整──」

「等等，我不是這個意思……或許他想要的就是那個準備不足的演技。」

加賀崎停止看劇本，指向由美子。

「妳想想看。妳當時不僅是在演不熟悉的角色，練習量也不夠。內心還斷定自己不會通過吧。音效指導應該就是被妳當時的演技吸引。」

加賀崎將劇本放回桌上。

然後用手指敲了幾下。

「但後來狀況不一樣了。角色人選確定，妳也做了許多練習和準備，幹勁十足地去錄音。會不會是因為這樣，才偏離了音效指導想要的演技？」

「等、等一下。意思是不練習反而比較好嗎？」

由美子忍不住從椅子上起身。

怎麼會有這種事？

明明認真努力拚命練習，結果反而造成反效果。

但加賀崎冷靜地抬起手制止她。

「別太快下結論。並不是這樣。只要好好理解這個角色，並提升演技的深度就行了。但或許不要太刻意去演。」

「不要太刻意去演……？」

這句難以理解的話，讓由美子皺起眉頭。

加賀崎靠在椅背上，繼續說道：

「不是會有這樣的狀況嗎？在遊戲或動畫的演唱會上，聲優必須作為角色演員在舞台上唱歌。由美子的話就是膠女的小萬吧。這時候，從演員的角度來看，自己飾演的角色在哪裡呢？」

「啊……就是那個吧。自己唱歌時，角色會出現在旁邊或背後，陪在自己身邊的類型。或是角色會降臨到自己身上，在附身狀態下唱歌的類型。我的感覺比較像是被附身……咦，這有什麼關係嗎？」

這個突如其來的話題，讓由美子困惑不已。

但加賀崎豎起手指說「就是這樣」。

「開演唱會的時候，由美子已經完全適應小萬這個角色，所以不會有自己在『扮演角色』的感覺吧？白百合的狀況或許也是如此，妳還沒適應這個角色。試鏡時，由美子不是將白百合與自己重疊在一起演出嗎？下意識地用自己來填補經驗不足和練習不足的部分。妳當時並不是在『扮演角色』，單純是在『拚命演出』。」

加賀崎接著說道：

「妳就是靠這樣的白百合，打動了音效指導。正因為原本不抱希望，才能全力展現演技吧。『單純拚命演出的白百合』，以及『刻意扮演的白百合』。這兩者之間的差異應該很大吧。」

「……………」

加賀崎的話，讓由美子不自覺陷入沉思。

她覺得很有道理。

不如說情況真的就像加賀崎說的那樣。

試鏡時，由美子完全沒有想要好好發揮演技。

她只是盡力去做當時能做到的事情，覺得全力以赴後就算失敗了也無可奈何。

想法和現在完全不同。

「那、那麼，加賀崎小姐。我到底該怎麼辦才好……？」

由美子求助似的看向加賀崎，後者深深點頭。

她將臉湊向由美子，緩緩說道：

「不要太刻意去扮演角色，放下她吧。妳剛才說自己是『附身類型』。白百合抱持的那種強烈感情，妳應該也能理解才對。那對妳來說絕非陌生的感情。只要將白百合與自己重疊在一起，讓她附在妳身上，然後在麥克風前面出聲就行了。音效指導想要的應該就是那種演技。」

加賀崎凝視著由美子的眼睛，堅定地說道。

這段話比想像中還要有說服力，彷彿直接滲入體內般。

在由美子的心思飄向演技時，加賀崎繼續開口。

她這次帶著笑容說道：

「還有，妳別繃得太緊。周圍的人都是老手，會緊張也很正常。不過，這樣絕對會影響到演技。對方也一樣是聲優，不需要太過在意……不對，不如說應該抱著怎麼能輸給他們的氣勢去演。」

「不、不行啦，那也太難了。大家都很厲害……而且還有森小姐和大野小姐在……」

雖然能夠明白加賀崎想說什麼，但這並非輕易就能做到的事情。

夢想演出「魔法使泡沫美少女」的自己，被實際演出過的人們包圍。

在那樣的狀況下，怎麼可能保持平常心？

此時，由美子發現加賀崎正在笑。

「呃，加賀崎小姐，怎麼了嗎？」

「嗯。沒什麼，我很喜歡那句話呢。就是由美子的媽媽之前說過的話……妳知道是哪句嗎？如果妳之後又感到緊張，就想起那句話吧。」

加賀崎像是在細細咀嚼般說道：

「——『歌種夜澄是有一天會成為泡沫美少女的聲優』。」

「加賀崎小姐……」

加賀崎開心地笑了。

這是由美子的母親之前曾大聲對千佳的母親說過的話。

母親的話逐漸滲入由美子的內心。

加賀崎和母親都像這樣信任她。

為了回報她們，由美子再次覺得自己必須努力才行。

「加賀崎小姐，下次一起去媽媽的小酒吧怎麼樣？」

「喔，好啊好啊。我也想和由美子的媽媽好好聊聊。一起去吧。」

獲得這個意外積極的回答，讓由美子也跟著開心了起來。

加賀崎將手伸向演員名單，用另一隻手端起咖啡。

「不過面對這個陣容，新人會緊張也很正常。都沒什麼熟人呢……要是有個熟悉由美子的人就好了……」

加賀崎說到一半突然停頓。

她甚至忘了喝咖啡，緊盯著演員名單。

「加賀崎小姐？」

由美子試著呼喚後，她抬起頭看向這裡。

「我說由美子。如果妳對自己的演技有什麼在意的地方——」

加賀崎再次變得欲言又止。

就在由美子感到困惑時，加賀崎突然笑了出來。

「不，沒什麼。怎麼可能有辦法向競爭對手求助呢？」

「……？」

加賀崎似乎嘟囔了什麼，但立刻輕輕揮手蒙混過去。

她指向劇本，接續原本的話題。

「來思考接下來的事情吧。幸好中間隔了年假，不會這麼快進行下次錄音。我們還有時間。重新推敲演技吧。如果不介意，我可以聽妳表演。只要是約在經紀公司，我每天這個時間都有空。回程也能開車送妳回家。」

「咦，可以嗎？加賀崎小姐不是很忙嗎？」

「笨蛋。至少讓我幫點忙吧。我可是由美子的經紀人啊。」

這句話讓由美子感到心頭一暖。

即使忙碌，加賀崎還是想盡全力幫忙。

這讓由美子純粹感到開心和可靠。

既然如此，每天都來經紀公司好好練習吧——

「啊，等等。要注意一件事。與其說是注意，不如說是警告。禁止過於拚命。妳這個人只要一專注起來，就會看不見其他東西。視野也會跟著變狹窄，這可是個壞習慣喔。」

「咦，什麼？我哪有……」

「就是有。夕暮的陪睡嫌疑事件爆發時，是誰什麼都沒想就開始橫衝直撞啊？」

「唔。」

……由美子被戳到痛處。

她無法否認自己的視野當時確實有變狹窄。

如果她能更注意周遭，或許狀況就不會惡化成那樣。

「可、可是……專注並不是件壞事吧……」

難得情緒高漲時被人潑冷水，讓由美子不滿地抱怨。

加賀崎露出可怕的眼神指向她。

「不行。可以努力，但不能太拚命。聽好了，由美子。被逼緊的人，最後只能勉強交差；沒有餘裕的人，無法表現出遊刃有餘的演技。作為這個業界和人生的前輩，這是我給妳的警告。」

加賀崎以嚴肅的聲音再次提醒。

就在由美子對這充滿現實感的忠告感到困惑時，加賀崎輕輕嘆了口氣。

「妳還有其他工作和學校的生活要過吧。如果輕視這些，演技絕對不會變好。認真工作，適當遊玩，然後再好好練習吧。要先過好正常生活再練習。知道了嗎？」

「知、知道了。」

由美子輸給對方的氣勢，連連點頭。

如果沒有這段話，她一定會一直想著Phantom的事吧。

她將加賀崎的警告銘記在心，看向劇本。

「……加賀崎小姐，可以再陪我一會兒嗎？」

「如果是在我面前，妳可以儘管練習沒關係。」

加賀崎平淡地提醒，同時拿起劇本。

「————————」

「……由美子！由美子，妳有在聽嗎？」

「咦？」

由美子抬起頭。

眼前是正擔心地看向這裡的若菜。

由美子一時搞不清楚狀況，開始環視周圍。

教室內充滿了喧鬧的聲音，班上的人變得只剩下一半。

離開教室的學生們拎著書包，和其他人道別。

「班會已經結束嘍？結果由美子還是一直動也不動，嚇了我一跳呢。怎麼了嗎？」

「……原來如此。對不起，我剛才在發呆。」

由美子用手指揉了一下眉間。

她最近經常這樣。

多虧了加賀崎的提醒，她有在小心。但還是會去想Phantom的事情。

只要一開始想，注意力就會全跑到那裡，然後時間不知不覺就過去了。

加賀崎說由美子只要一專注就會看不見其他東西，這或許是對的。

若菜的眼神裡原本充滿擔心，但之後突然表情一亮。

「噯，由美子。妳今天要錄廣播吧？在那之前，要不要一起去哪裡玩？」

「咦？可是我——」

雖然錄音前確實有點時間，但由美子想盡可能多練習。

不然就是閱讀放在書包裡的劇本和資料。

她想將所有時間都用在思考作品上。

因此她反射性地打算拒絕……

『——可以努力，但不能太拚命。』

「……啊～我去。我去我去。找個地方玩吧。若菜，妳有想去的地方嗎？」

由美子想起加賀崎說過的話，笑著點頭。這讓若菜臉上露出喜悅的光芒。

「咦，由美子妳們要一起去玩嗎？」

「真好……我們也可以一起去嗎？」

班上的女生們聽見由美子等人的對話後，便朝這裡聚集。

最後幾名同學決定一起去玩。

她們一個跟著一個走在走廊上時，一旁的若菜將臉湊了過來。

「太好了。」

「怎麼說？」

「因為由美子最近看起來沒什麼精神，偶爾還會露出可怕的表情。妳從前陣子就開始說自己很忙，就算邀妳出去玩也會被拒絕。」

「啊……嗯。最近工作有點多。」

原來自己露出了那樣的表情，由美子捏著自己的臉確認。

如若菜所說，她自從通過Phantom的試鏡就一直在家裡練習。

很久沒有出去玩了。

……這應該就是加賀崎想表達的事情吧。

「噯，若菜。等放寒假後，要不要來我家過夜？」

「咦，可以嗎？我要去我要去！太棒了，可以久違地吃到由美子煮的飯了～」

若菜抱住由美子的手臂，露出放鬆的笑容。

由美子忘記工作的事情，和若菜等人大玩特玩。

她等時間到了才和大家道別，直接前往錄音室。

為了進行事前討論，由美子來到熟悉的會議室。

其他人都還沒到，她獨自靜靜地等待。

「……既然有時間。」

由美子從書包裡拿出劇本和資料。單純有效利用空閒時間，應該沒問題吧。

她翻開資料，沉浸在作品的世界中。

「…………………………………………………………………………………………嗯。」

由美子抬頭想確認現在幾點時，差點從椅子上掉下來。

因為千佳不知何時已經一臉若無其事地坐在她旁邊。

千佳停止看手機，驚訝地看向這裡。

由美子忍不住想抗議。

「嚇……我一跳……！既、既然來了，就出個聲啊……！差點被妳嚇得連心臟都跳出來……妳的忍者技能又提升了嗎？根本一點氣息也沒有……」

由美子按著胸口呻吟。

不管再怎麼擅長消除氣息，像這樣嚇人實在太沒品了。

由美子一瞪向千佳，後者就立刻瞪了回來。

「又來了。我真的很討厭妳這種地方。話先說在前頭，我有發出開門聲，也有和佐藤妳打招呼。是妳自己無視我吧。」

「啥，怎麼可能？這樣我應該會發現。」

「妳真的沒發現，因為妳很專注地在看那些東西。」

千佳指向攤開的劇本和資料。

她表示由美子是因為專注在閱讀上，才沒發現她進來和打招呼。

……真的有這種事？

由美子在心裡懷疑時，千佳率先開口：

「『竟然像在炫耀似的把劇本帶到工作現場來，真是下流』。」

「囉唆……」

千佳照搬了由美子以前在學校對她說過的話。

因為懶得理她，由美子繼續看向劇本。

上次和千佳講話，已經是那場錄音的時候了。

因為發生過那樣的事情，由美子本來還擔心會無法正常和她說話。

看來這只是杞人憂天。

只要不刻意提及，今天應該也能順利錄完音吧。

不過。

「渡邊。」

「什麼事？」

「我討厭妳。」

「我知道。」

「所以讓妳失望會讓我特別生氣。非常討厭。絕對無法忍受。因此——我不會一直讓妳失望下去。」

由美子抬起頭，看向千佳。

千佳面無表情地凝視著這裡。

兩人的視線交會。

然後動也不動地互望了好一段時間。

最後，千佳輕輕笑了。

「期待妳的表現。」

「嗯。」

結束這段簡短的對話後，由美子繼續閱讀劇本。

她知道千佳也一樣繼續看手機了。

在朝加抵達前，時間靜靜地流逝。

NOW ON AIR!! 第37回

「接下來是化名『好拿雞肉』同學的來信。『夕姬，夜夜，早安！』。早安。」

「早安～」

「『距離廣播聯合活動已經剩下不到一個月了！因為是明年的第一場活動，所以我非常期待！不曉得能不能見到小櫻和小玖瑠……當然也很期待見到妳們兩位啦（笑）。』」

「笑什麼啊。」

「剛才是對以為『要是貶低一下主持人應該會很有趣』的人進行的公開處刑。這樣各位都明白了吧。未經深思熟慮就亂開話題只會害到自己喔。」

「僅限於這次，我也贊同夕的意見。跟我複誦一次，想酸別人就要酸得有趣一點。」

「……話說回來，活動確實就快到了呢。畢竟是過年後的事情，所以很容易忘記呢。雖然票已經開始賣了。」

「是啊。我們也該跟大家告知一下。『夕陽與夜澄的高中生廣播！』『柚日咲芽玖瑠的轉啊轉旋轉木馬』『櫻並木乙女的簡直就像在賞花一樣』這三個節目，將舉辦聯合活動。請大家多多指教。」

「我們四個人到底會辦出什麼樣的活動，連我都不太能想像呢。」

「確實。我很擔心夕能不能好好和姊姊們互動呢。妳最近是不是又變得更陰沉了?之前面對柚日咲小姐時也一樣。啊～先跟聽眾們說明一下。她就連面對同經紀公司的前輩時，都沒辦法好好打招呼呢。」

夕陽與夜澄的高中生廣播！

「……喂，不需要特地在廣播的時候講吧……而且當時只是碰巧變成那樣。我平常還是會跟人打招呼或聊天……」

「這是在吹牛吧。我從來沒看過妳主動和別人閒聊，在學校甚至連打招呼都沒有。妳怎麼會覺得有辦法騙過同班同學？就連說的謊都透露出妳缺乏社交性。」

「又來了。我真的很討厭妳這種地方。真要說起來，不過是能和別人閒聊一下，到底有什麼好得意的？拜託別講得好像能在教室大聲說話或拍手吸引別人的注意力，就很了不起似的。這種事紅毛猩猩也做得到吧？」

「這傢伙……我是想勸妳在瞧不起別人之前，應該先努力融入團體。反正以妳的個性，就算知道班上要辦聖誕活動，也只會嗤之以鼻吧。性格真差。」

「哎呀，妳很清楚嘛。那種活動真的讓人毛骨悚然。在教室群聚還不夠，居然連在外面也要聚會。我絕對不會想靠近你們這種人。」

夕陽與
夜澄的
YUHI to YASUMI no KOUKOUSEI RADIO!
高中生
廣播！

to be continued……

「由美子，妳最近果然沒什麼精神。」

坐在對面的若菜含著吸管說道。

現在是放學回家的時間。

兩人中途繞去家庭餐廳閒聊。

「……看起來果然是那樣嗎？」

「嗯。就像偶爾會突然關機一樣。是因為工作嗎？妳很累嗎？」

「嗯～的確是因為工作，但我並不累。」

由美子靠在椅背上說道。

儘管她有所自覺，但沒想到連跟別人在一起時都會顯露出來。

還是她只要跟若菜在一起，就會不自覺放鬆呢？

由美子看著奶茶，坦白說道：

「之前錄音錄得很不順利。雖然是自己的錯，但遇到了許多難受的事情。我努力想在下次錄音時挽回……不過偶爾還是會想起當時的失敗。」

每次想起當時的事情，內心就會像蒙上一層陰影。

愈是在意下次錄音，當時的回憶就愈容易在腦中閃現。

由美子再也不想經歷那樣難受的事情。

然而每當基於這樣的想法努力時，那場錄音的景象就會重新浮現。

「所以若菜約我出去玩，對轉換心情真的很有幫助。與其說是態度會變積極，不如說心情會煥然一新呢。如果一直單獨練習，只會讓情緒不斷淤塞，這樣也不太好呢。」

由美子實際體會到加賀崎說的沒錯。

仔細想想，之前窩在家裡練習時，視野只會不斷變狹窄。

甚至感到窒息。

雖然只要摻雜一些休息時間就能恢復精神，但她就連該怎麼休息都不知道。

所以由美子很感激若菜開朗地帶她出去玩。

由美子傳達完內心的謝意後，若菜放心似的笑了。

「太好了。我還擔心由美子是不是因為顧慮我的心情，才勉強陪我出來。」

「妳在說什麼啊？如果我真的不願意，就不會來了。都這麼熟了，妳覺得我還會這麼見外嗎？」

這個坦率的回答，讓若菜露出幸福的微笑。

由美子用手扶著臉頰，繼續說道：

「而且多虧了若菜，我才能往外面看。我目前正在進行許多嘗試。向乙女姊姊——向前輩們尋求建議，或是找導演他們商量等……因此要思考的事情也變多了，偶爾還會沉浸在自

己的世界。真的很對不起。」

由美子苦笑著道歉，若菜發出感嘆的聲音。

「這樣聽起來，會覺得由美子真的是個聲優呢。好厲害。」

「我一點都不厲害。如果我很厲害，就不會有這麼多煩惱了。總而言之，我跟若菜玩得很開心，也很感謝妳願意聽我訴苦，所以不需要太顧慮我啦。」

由美子像是想讓若菜安心般笑著揮手，但這次換若菜擺出嚴肅的表情。

「嗯……轉換心情啊……」

「若菜？我平常都是像這樣陷入沉思的嗎？」

由美子看著似乎在思考什麼事的好友嘟囔道。

「各位聽我說～聖誕聚會的活動決定好了～！十二月二十四日！放學後大家一起去唱卡拉ＯＫ吧！想參加的人來找我吧！歡迎報名！」

期末考的成績已經公布，第二學期該做的事情都做完了。

接下來只剩下思考寒假要如何快樂度過。

此時，在放學後的教室。

班會一結束，川岸若菜就走到講台前面像這樣大聲宣布。

同時揮動手上的紙筆。

「哇～要去要去。」「決定好去哪間店了嗎？」「若菜，幫我寫我的名字吧～」「川岸，男生也可以一起去嗎？」「話說我們這群人聖誕夜都有空也太好笑了。」

班上的同學們聚集到講台前方。

他們大多是和若菜與由美子一樣個性陽光的人，其他男生和女生的個性也多半偏積極。

由美子一看見他們開朗快樂的樣子，就想起前陣子的廣播，然後越想越氣。

『那種活動真的讓人毛骨悚然。在教室群聚還不夠，居然連在外面也要聚會。我絕對不會想靠近你們這種人。』

大家像這樣聚在一起玩不是很開心嗎？

為什麼要講成那樣？那傢伙的性格真的很差勁。

雖然之前錄音時只是順勢脫口而出，但由美子現在真的開始擔心起聯合活動的事了。

櫻並木乙女、柚日咲芽玖瑠、夕暮夕陽和歌種夜澄四人明年初要一起舉辦聯合活動。

儘管活動內容還沒決定，但四人必須一起合作炒熱氣氛。

千佳這麼缺乏協調性，活動真的能夠順利進行嗎？

由美子偷偷瞄向讓人不安的千佳。

她當然不會跳出來喊「我也要去」，正在慢吞吞地準備回家。

「由美子！過來過來！快點過來吧！」

聽見有人在呼喚自己，由美子重新轉向前方。若菜正活潑地朝這裡揮手。

由美子走向講台。

「若菜，怎麼了？」

「由美子也一起去卡拉ＯＫ吧！聖誕節就是要大玩特玩！」

「呃……我是很想去啦，但那時候或許會有工作。」

「啊～聲優的行程是不是都很難事先排好？」一旁的女學生如此問道，由美子回了一個肯定的答案。

Phantom的試鏡就是一個例子，在聲優業界，經常收到隔天的工作邀約。

因為由美子目前想盡可能多接一些工作，很難事先空出時間。

這與Phantom的錄音無關，單純是身為一個聲優，她不得不婉拒邀約。

聞言，若菜嫣然一笑。

「妳以為我為什麼要特地當活動的主辦人？如果妳後來不能去，我會幫妳調整。沒工作的話再參加就行了，一起去嘛。一起大玩特玩，開心地度過節日吧！」

「若菜……」

她總算察覺好友的真意。

這貼心的溫暖舉動，讓由美子心頭一緊。

因為太過感動，她抱著若菜說道：

「若菜，謝謝～妳好溫柔～最喜歡妳了～如果之後沒安排工作，我一定會去～」

「嘿嘿嘿，我很溫柔對吧？將來如果妳生了女兒，想把她養育成溫柔的孩子，可以把她取名為若菜喔。」

「妳的自我肯定感也太強了……通常只有好友已經去世，才會讓孩子繼承那個名字吧。」

不過，自己真的總是受到若菜的照顧呢。

就在由美子貼著若菜想要傳達感激之意時，若菜戳了一下她的側腹。

「噯，由美子，小渡邊會去嗎？要不要約她看看？我也能幫忙調整人數。」

「咦？」

若菜突然說出相當瘋狂的話。

由美子立刻揮手否定：

「呃，渡邊應該不會去吧。她有說過類似討厭這種活動的話。」

「咦……？她不會來嗎？我想和小渡邊一起去唱卡拉ＯＫ呢。由美子～幫我約約看她嘛～」

看來若菜似乎很在意千佳。

據若菜所說，千佳給人的感覺已經比四月被濺到拿鐵咖啡時溫和了不少，所以現在或許有機會和她打好關係……

由美子也想實現若菜的願望……

此時，靈機一動的她，在心裡露出邪惡的笑容。

「喂，渡邊！」

從講台上傳來的呼喊聲，讓千佳一臉驚訝地看向那裡。

大概是因為由美子發出很大的聲音引人注目，她的反應才特別強烈吧。

千佳露出尷尬的表情，瞪了由美子一眼。

但她嘆了口氣後，坦率地走了過去。

「什麼事？」

千佳冷淡地問道，像是希望能夠快點結束。

「渡邊，妳聖誕夜時有約嗎？」

「啥？是沒有啦……」

「決定了～渡邊也要參加聖誕聚會～」

由美子如此宣告，同時在名單上寫下千佳的名字。

當然，千佳不悅地板起了臉。

「別鬧了。我怎麼可能去……」

「咦，渡邊同學要去嗎？真稀奇。」「喔，我第一次和渡邊同學一起出去玩呢。渡邊同學都唱什麼歌？」「渡邊同學也是聲優吧？這場卡拉ＯＫ聚會該不會非常難得吧？妳會和由美子對唱嗎？」「如如如如如、如果夕姬和夜夜要參加，那、那我也……！」

在千佳拒絕前，周圍已經先騷動了起來。

明白這下事情麻煩了的千佳，狠狠瞪向造成這個狀況的元凶。

由美子將臉湊向她，豎起手指說道：

「渡邊討厭這種聚會是無所謂，但我不爽妳連試都沒試過就否定這種活動。反正妳一次都沒參加過吧？」

由美子的話，讓千佳的眼神變得更加險惡。

她或許將這當成了挑戰。

千佳筆直瞪向由美子，不悅地說道：

「……如果我去過一次後依然沒有改變想法，妳可要向我道歉喔。」

由美子哼了一聲當作回應。

看來情況變得非常奇妙，今年的聖誕節，由美子將和千佳一起出去玩。

到了十二月二十四日。

聖誕夜。

「好～要參加聖誕聚會的人請跟我來！」

放學時間一到，若菜就活潑地從自己的座位舉手大喊。

預定參加的學生們也融洽地一起應好。

眾人一個接一個走出教室。開心地聊天的學生們臉上都掛著笑容。

只有走在最後面的千佳表情明顯黯淡。

由美子若無其事地移動到她旁邊，用手肘頂了她一下。

「喂，如果妳表現得那麼不情願，會害若菜擔心。就不能表現得正常一點嗎？」

「我、我知道啦。」

千佳連忙用雙手搓揉臉頰。

雖然應該不是因為察覺到兩人的視線，但走在前面的若菜轉過頭。

然後笑著朝她們揮了揮手。由美子也揮手回應。

面對大膽示好的若菜，就連千佳也無法表現得太強硬。畢竟人很難討厭喜歡自己的人。

「唉……早知道就說有工作了。」

若菜一轉回前方，千佳便如此嘆道。

「如果渡邊說有工作，我會找成瀨小姐確認。我有她的聯絡方式。」

「喂，別隨便聯絡別人的經紀人啦。話說為什麼妳們要交換聯絡方式啊……又沒有必要……」

「我們之後會約吃飯。」

「吃飯……又來了。我真的很討厭妳這種地方……」

千佳像是在忍耐頭痛般扶著頭。

的確，由美子也不想看到千佳和加賀崎一起吃飯。

這很難用言語說明，總之就是會莫名感到尷尬。

雖然可以確定這種事不可能發生。

千佳帶著厭惡感不悅地說道：

「唉，成瀨小姐真可憐，居然拗不過佐藤這個厚臉皮的女人，被迫浪費寶貴的時間。如果想投訴，是要去巧克力布朗尼嗎？跟他們說貴公司的藝人對敝公司的經紀人施壓，請負起責任。」

「啥？居然投訴這種事，妳是怪物聲優嗎？簡稱怪優？話先說在前頭，成瀨小姐可是很樂意接受我的邀約喔。」

「哎呀，這對平常就愛炫耀自己社交技能的佐藤同學來說可真是難得，看來人有失手，馬有亂蹄這句話是真的。雖然這樣講有點像是在班門弄斧，但妳知道什麼是客套話嗎？啊，我想到一個新成語叫『對辣妹用客套話』，意思是聽不懂人話。」

「這傢伙……做好覺悟吧。我一定會灌醉她，讓她把渡邊的丟臉事蹟全吐出來。」

「喂！怎、怎麼可以做這種事……」

「喔？看來妳有什麼不想讓我知道的事情。這樣就有問問看的價值了～」

「才不是這樣，這是基本守則。不要害成瀨小姐不小心說出不能說的事情。」
「咦……重點是這個嗎……？啊，好的，我會小心這點……」
這段對話結束後，千佳嘆了口氣。
她一臉憔悴地甩了甩頭，以疲憊的語氣說道：
「結果還是得出席啊……卡拉ＯＫ……雖然比聚在某個地方聊天要好，不過……卡拉ＯＫ啊。」
「怎麼了。姊姊討厭卡拉ＯＫ嗎？」
「與其說討厭……不如說是不覺得那裡是玩樂的地方。卡拉ＯＫ對我來說，是獨自練習唱歌和演技，或是用來消磨時間的地方……」
「啊……的確。我也是一個人去比較多……」
在這群人當中，恐怕只有由美子能對這句話產生共鳴。
舉辦演唱會等活動前，由美子常泡在卡拉ＯＫ裡。
如果兩個工作之間有空檔，也很適合去那裡消磨時間。
「唉，如果只需要聽別人唱歌倒是很輕鬆。」
「………………」
千佳乾脆地說道。
……雖然隱約有預感，但她果然沒打算唱歌吧。

她會不會願意唱歌呢？

不，應該很難吧。想歸想，由美子心裡依舊有所期待。

甚至想點歌給她唱。

呃～可是，如果可以點歌，那會有好多歌想讓她唱……

「佐藤會唱吧？」

由美子在腦中列清單時，因為千佳突然看向這裡而回過神。

她別開視線，回答「跟一般人一樣」。

「是喔。」

千佳的聲音聽起來好像有點開心，不過這應該是錯覺吧。

「耶～！謝謝大家！」

「大家都聽到我們唱的歌了嗎？」

「男生好吵！唱完就快點交出麥克風啦！接下來輪到誰？」

「我我我，輪到我們了。來炒熱氣氛吧。」

下一首歌開始，幾個女生移動到前方的空間。

她們一開始唱歌，周圍就跟著響起沙槌和鈴鼓的聲音，讓氣氛變得非常熱鬧。

因為是曲風明亮，而且大家都聽過的暢銷歌曲，其他人有的一起唱，有的跟著搖晃身體。

班上有超過一半的人出席，所以人數相當多，不過寬廣的派對包廂待起來還是很舒適。

大家可以一起唱歌、聽歌或是和朋友聊天。

是由美子喜歡的活潑又熱鬧的氣氛。

感覺內心像是被光照亮一樣。

「由美子～一起唱歌吧～」

「喔，好啊。要唱什麼？」

坐在旁邊的女孩如此提議，於是兩人開始一起看點歌機。

此時，由美子瞄了千佳一眼。

她一隻手拿著飲料，正在和若菜說話。

話雖如此，看起來比較像是若菜單方面搭話，千佳只有偶爾回應。

不過，千佳的表情並不險惡，有時甚至還顯得溫和。

看來若菜那邊進展得很順利。

只要她勸千佳吃些桌上的食物，千佳就會乖乖照做，然後表情一亮。

看來即使沒唱歌，千佳依然有在享受這段時間。

「若菜！接下來輪到我們了！」

「咦？啊，嗯，我現在過去！」

不過，若菜不可能一直陪著千佳。大家都想和若菜一起玩。

千佳一落單，就立刻變回平常的樣子。

她沒和別人說話，只是坐在椅子上玩手機。

但由美子這時候坐過去也有點奇怪。

千佳也不會感到開心吧。

「噯～由美子要唱什麼？妳想唱哪首歌？」

「咦？啊、啊～嗯，該選哪一首呢？」

儘管心裡很在意，由美子還是重新看向點歌機。

和其他同學唱了幾首歌後，由美子離開房間去裝飲料。

就在她拿著空杯看向飲料機時，突然被人從後面抱住。

「由美子～」

若菜靠在由美子身上，發出可憐的聲音。

她把臉靠在由美子的肩膀上，像是在呻吟什麼。

「啊，若菜，辛苦妳當主辦人了。謝謝妳做了這麼多。」

「我是沒什麼關係啦～倒是小渡邊看起來一點都不享受～她既不笑，也不怎麼說話……果然是覺得無聊吧。」

「咦？她那樣算心情很好了。我覺得若菜做得很好。她原本就不怎麼笑，我覺得不用太在意。」

「咦，是這樣嗎？」

「嗯。」

由美子甚至開始佩服起若菜。

如果是她和千佳坐在一起，其中一個人一定早就發出煩躁的聲音了，不然就是一直保持沉默。相較之下，現在氣氛好多了。

由美子說明完後，若菜不知為何開心地笑了。

「怎麼了？」

「沒什麼，只是覺得這種事果然要問專家啊。」

「別鬧了。我都要起雞皮疙瘩了……」

單純只是兩人相處的時間比較長而已。

這並不代表她們關係好。不如說是關係惡劣。

若菜搖晃著空杯，在飲料機前面物色飲料。

「不過啊～難得來卡拉OK一趟，希望她至少能唱首歌呢。就算我邀她唱，她也不願意唱。小渡邊應該不是音痴吧？」

「超……」

由美子差點說出「唱得超好」，但連忙將話吞了回去。

「畢竟她都能唱主題曲了，應該唱得不錯吧。」

「喔～那我還真想聽呢～噯～由美子，妳可以想點辦法嗎？」

若菜將臉湊過來，露出撒嬌的眼神。

由美子輕輕拍著她的頭思考。

雖然想實現若菜的願望，但就算自己去說，千佳應該也不會乖乖聽話。

不如說那個性格彆扭的傢伙，反而會擺出更加強硬的態度。

該怎麼辦才好？

此時，由美子不自覺地露出奸詐的笑容。

或許自己真的是千佳專家。

因為馬上就能想到她討厭的事情。

回到包廂後，由美子發現時機正好。

一個同學正在獨唱。這個氣氛正好適合行動。

由美子朝若菜使了一個眼神。

若菜點點頭，回到千佳旁邊。

「啊～我也要唱～」

由美子裝作若無其事的樣子，拿起點唱機。

她趁千佳和若菜說話時，迅速輸入曲目。

等輪到她唱時，包廂內開始播放熟悉的前奏。

即使已經開始播放歌曲，其他人依舊沒什麼反應。

只有千佳猛然抬頭。

然後不斷環視周圍。

此時，由美子拿著麥克風起身，讓千佳的表情不悅地扭曲。

她瞪著由美子，像是在問「妳到底想幹嘛」。

螢幕上顯示出曲名和歌手的名字。

『與你手指交纏／鳴宮雪乃（夕暮夕陽）』

這是曾由夕暮夕陽擔任主演的電視動畫「凝視指尖」的主題曲。

「啊，我聽過這首歌。」「是動畫歌吧？我姊有看過。」「真難得看到由美子唱這種歌。」「話說夕暮夕陽不就是渡邊同學嗎？」「不會吧，這是渡邊同學的歌？」「咦～感覺好厲害。」「夜、夜夜要翻唱夕姬的歌……！這、這是超稀有事件！」同學們接連發表意見。

雖然把同學們牽連進來很不好意思，但由美子開始認真唱歌。

她不僅把這首歌聽很熟，獨自來卡拉ＯＫ時也經常唱。

雖然自己這樣講不太妥當，但完成度應該很高。

既然如此，乾脆就用夕暮夕陽的方式來唱吧。

這樣千佳當然會很不是滋味。

她以嚇人的眼神瞪向由美子。

眼神銳利到周圍的人一看到千佳，就忍不住移開視線。

但現在就連這點都讓人感到暢快。由美子熱情演唱。

此時，若菜立刻將點唱機交給千佳。

這麼一來，她一定會立即採取行動。

由美子不再看向千佳，認真演唱夕暮夕陽的曲子。

「由美子果然唱得很好，是有在上歌唱班嗎？」「聲音也很好聽，真有聲優的感覺！」

「她沒有換聲音嗎？真厲害。」「嗳～再多唱一點吧～」

令人感激的是，她甚至獲得了掌聲。

由美子笑著道謝時，下一首歌的前奏響起。

千佳身上纏繞著黑色的氣息，緩緩起身。

然後，螢幕上顯示出曲名和歌手的名字。

『兩千分之一的花瓣／萬壽菊（歌種夜澄）』

不出所料，千佳為了較勁，也跟著選了由美子的歌。

這是她在塑膠女孩中扮演的萬壽菊的角色歌曲。

「喔，是渡邊同學。」「渡邊同學第一次點歌呢～」「咦，歌種夜澄是由美子的藝名吧？這次換渡邊同學唱由美子的歌嗎？」「好像節目企畫喔！」「不覺得很厲害嗎？」「啊、啊啊！夕、夕姬要翻唱夜夜的歌……！哇啊啊！」「木村，你吵死了！」

即使同學們接連發表意見，千佳仍毫不在意。

她專注地用挑戰般的眼神看向由美子。

然後，她將麥克風湊到嘴邊。

…………………………

……哎呀，唱得真好。

一個不小心就會沉迷其中。

不如說如果只有自己一個人，一定早就閉上眼睛傾聽了。雖然很想要這首歌……但不要把別人的角色歌曲唱得這麼好啦。

周圍的人也都聽千佳的歌聲聽到入迷。

平常幾乎不說話的同學，突然展現出如此出色的歌喉，自然會深受吸引。

千佳唱完後，還刻意用挑釁的表情哼了一聲。

鬧劇結束了。她像是在這麼說般，準備放下麥克風。

但下一個瞬間，周圍的同學都發出歡呼。

「渡邊同學唱得真好！」「好厲害喔！為什麼妳之前都不唱？」「我也想聽其他曲子！」「等一下，由美子！妳和渡邊同學一起對唱啦！」「這主意真是太好了！渡邊同學！由美子！快點過來吧！」

氣氛像這樣頓時熱鬧了起來。

困惑的千佳準備先放下麥克風。

但若菜笑著輕輕推了她一把。

由美子無奈地也拿起麥克風，走到前方。

「等、等一下。妳想點辦法吧。」

千佳來到由美子身邊，一臉困擾地說道。

由美子當然不想照辦。

她硬是將手搭在千佳肩膀上，舉起麥克風。

「好～！想點歌的話就說吧！僅限今天，我們什麼歌都唱！」

「喂！妳別擅自……」

由美子的宣言，讓周圍的氣氛瞬間沸騰。

千佳語帶怒意，打算逃離由美子的懷抱。

但周圍的人已經開始一一提出曲名。

氣氛熱烈到這種程度，想要退場也很麻煩。

結果千佳只能在熱烈的氣氛下接受點歌，其他人從中途開始也跟著一起唱了好幾首歌。

唱到一個段落後，由美子悄悄溜出包廂。

在她和千佳的煽動下，包廂內的氣氛十分熱烈。

由美子拿著空杯走向飲料機，並在那裡發現千佳。

飲料機旁邊有張長椅，千佳就坐在那裡休息。

「啊……佐藤。」

或許是累了，千佳看起來並不打算抱怨剛才的事情。

由美子坐到她旁邊。

千佳瞥了這邊一眼，但並沒有特別說什麼。

由美子看向包廂，低喃著說道：

「氣氛很熱烈呢，妳也唱了不少歌。一個人無法唱得那麼熱鬧吧。這樣不是很不錯嗎？」

千佳輕嘆了口氣。

她凝視著杯子內部，露出微笑。

然後以溫和的語氣接著說道：

「……的確。雖然我沒嘗試過就認定自己會討厭，至今都沒參加過這類活動。但實際參與過後，確實是不錯的體驗。我必須向妳道謝——」

千佳抬頭，朝由美子露出笑容。

那張笑容非常美麗，散發出讓人看得入迷的光輝。

由美子忍不住跟著凝視千佳。

那簡直就像聲優夕暮夕陽——在面對媒體時展現的笑容。

不出所料，她的笑容立刻轉變成瞧不起人的表情。

還不屑地哼了一聲。

「……如果我講出這樣的台詞，就會變成一段佳話吧。不巧的是，我再次體認到自己還是比較喜歡一個人。雖然妳這種只要熱鬧就會開心的人可能無法理解，但也是有人喜歡寧靜的氣氛。所以快向我道歉吧。」

「………………」

千佳連珠砲般的抱怨，讓由美子啞口無言。

怎麼會有這麼不可愛的女人。

……不對，她是認真的嗎？真的一點都不開心？看在旁人眼裡，她明明也是興致勃勃。

儘管由美子是這麼想的，但就算說了對方也不會承認，甚至可能會顯得自己輸不起。

「是是是，這樣啊。那還真是不好意思。對不起。」

「喂，再更有誠意一點啦。」

「對不起。是我錯了。請原諒我。」

「嗯哼。」

「別因為這點小事……就露出那麼開心的表情啦……」

由美子嘆了口氣。

感覺只有自己單方面吃虧……就在她感到疲憊時，千佳若無其事地說道：

「啊，不過幫我轉達川岸同學，說我很開心。這活動確實還不錯。」

「喂！這樣太狡猾了吧！怎麼可以要人道歉後還說這種話！惡質！這樣違反契約！」

「我聽不懂妳在說什麼。」

「這傢伙……」

由美子再次嘆了口氣。

雖然應該不是在贊同她，但千佳也跟著吐了口氣。

「我並不完全是在說謊。實際上，這麼多人一起嬉鬧是真的很累。我也不覺得自己以後會想主動參加這種活動。」

「是喔……」

由美子就連回應都覺得很累。

正當她打算結束對話返回包廂時。

千佳自然地——真的非常自然地低喃道：

「雖然對川岸同學不好意思，但還是只跟妳在一起時比較輕鬆。」

她說了這樣的話。

由美子忍不住緊盯著千佳的臉。

千佳繼續看著前方喝飲料。

看起來既沒有要修正自己的說法，也不像在開玩笑。

她只是坦率地表示「比起和大家在一起，更喜歡和由美子獨處」。

「…………」

咦，為什麼

突然說這種話？

困惑的由美子一時啞口無言，千佳一臉無法理解似的問道：

「怎麼了，為什麼突然不說話？」

「呃……都是因為，妳說了奇怪的話。」

「奇怪的話…………………………啊。」

千佳似乎總算想起自己說了什麼。

她說那些話時似乎沒有想太多，所以正對自己的發言感到動搖。

「呃，這個，不是妳想的那樣。我不是那個意思……真的，不是……」

千佳的臉急速漲紅，一路紅到耳根子。

或許是腦袋轉不過來，她甚至無法繼續否定。語氣也愈來愈弱。

看見她這個樣子，由美子也跟著臉紅。

兩人面紅耳赤地各自移開視線。

這是怎麼回事……為什麼自己會陷入這麼難為情的狀況……

「……好難為情。順便問一下。」

千佳以微弱的聲音開口，由美子發現她仍紅著臉摀住嘴角。

她堅持不看向這裡，繼續說出驚人的話。

「妳晚點……有空嗎……？」

「大家注意，接下來要去吃飯的人請來這裡集合！」

唱完卡拉ＯＫ後，若菜在店前面舉手喊道。

太陽已經下山，現在正好是晚餐時間。

想續攤的人跟著若菜走，其他人則是原地解散。

由美子和幾個人道別，同時走向若菜。

「若菜。」

「啊，由美子！妳也要一起去吃飯吧？」

「關於這件事……」

由美子將嘴巴湊到若菜耳邊，悄聲向她說明狀況。

若菜驚訝地睜大眼睛後，露出滿意的笑容。

「哎呀，真不愧是由美子同學，實在不容小覷呢。嗚呵呵呵呵。」

「別笑得那麼奇怪啦。事情不是妳想的那樣。還有，渡邊要我告訴妳，她今天玩得很開心。」

由美子直接轉達千佳的話。

若菜聽完後，一臉驚訝地僵住。

之後，她露出溫和的笑容，開心地回應：

「這樣啊。那真是太好了。」

「明明這種話應該要自己講，該說她就是個性陰沉嗎……」

「不會，沒關係啦。現在這樣就好。希望將來有一天，她能直接跟我說呢。」

看著笑咪咪的若菜，由美子也不禁莞爾。

「若菜！」

「啊，抱歉，由美子。我差不多該走了。你們也要玩得開心喔。」

「嗯。雖然我想應該不會開心，但今天真的很謝謝妳。我已經打起精神，這樣就能繼續努力了。」

由美子的話，讓若菜臉上的笑容變得更深了。

她活潑地揮了揮手後，就趕到同學們身邊。

「那麼……」

由美子轉向和他們不同的方向，直接踏出腳步。

街上到處都是聖誕節的色彩。

不僅充滿了歡樂的氣氛，行人也都掛著開心的表情。

色彩鮮豔的燈飾散發出光輝，點綴著夜色。

穿著聖誕老人服裝的店員在店家前面大喊，年輕的男女從他旁邊經過。

走了一段路後，由美子看見一個大噴水池。

在燈光的照耀下，噴濺的水花看起來閃閃發光。

她朝一個站在那裡的嬌小人影輕輕舉起手。

「嗯。」

「……嗯。」

在水花光芒的照耀下，千佳有些見外地舉手回應。

或許是還在介意剛才的事情，她的臉有點紅。

明明千佳的打扮跟平常差不多，但或許是燈光的影響，她現在看起來特別漂亮。

如果是夕暮夕陽模式，由美子一定已經看得入迷了。

「稍微走一下吧。」

千佳指向一條大路。

因為沒有理由拒絕，兩人一起邁開腳步。

這條路更為明亮，閃耀著各式各樣的燈光。

大量耀眼的燈飾，吸引了兩人的目光。

其他路人也一樣，一抬頭就開心地稱讚燈飾。

「真漂亮……」

受到燈飾吸引的千佳，難得坦率地吐露感想。

深有同感的由美子，默默和她一起欣賞燈飾。

此時，由美子突然萌生拍照的念頭，於是開口說道：

「對了。來拍張用來上傳到推特的照片吧。」

由美子一拿起手機，千佳就不悅地板起臉。

「兩人合照嗎？已經不需要強調我們感情很好了吧。」

「可是妳想想，還是會有人想知道女聲優是怎麼過聖誕節吧。」

「姑且不論以前是怎樣，現在應該沒人對我們怎麼過聖誕節有興趣吧。」

千佳在說話的同時，也拿出自己的手機。

兩人以漂亮的燈飾為背景，舉起手機拍照。

她們將臉貼在一起，露出完美的笑容。

即使兩人的本性已經暴露，還是要記得做表面工夫。

「喂。妳看那兩個人，好可愛喔。」

「真的耶。而且還把臉貼得這麼近，她們感情真好。」

「…………………」

由美子和千佳聽見了一對年輕情侶對她們的評論。

兩人立刻把臉移開。

「……雖然我之前就這麼覺得，但聲優之間的照片，距離感真的很獨特呢。好像貼在一起是理所當然似的。」

「是啊……和不是聲優的人一起拍照時，我偶爾會因為搞錯距離感而嚇一跳……」

兩人尷尬地嘟囔。

之後千佳像是要重整態勢般，清了一下嗓子。

她默默開始往前走，由美子也隨後跟上。

沉默了一段時間後，千佳靜靜開口：

「關於Phantom的事情。」

她以彷彿會被周圍的喧囂淹沒般的細微聲音說道。

由美子在感到緊張的同時，默默聽她繼續說下去。

「我的爸爸是導演，我這個女兒是聲優。但這兩個立場不會有交集。工作歸工作，私人歸私人。我平常絕對不會利用女兒的身分說這種話。」

千佳仰望著天空，繼續低喃：

「所以，接下來說的話要保密。我也只會說一次。」

她停下腳步。

用藏在頭髮底下的眼睛抬頭望向由美子。

「如果妳希望，我可以拜託爸爸——拜託導演撥一點時間給妳。如果妳有演技方面的問題，爸爸的意見一定很有參考價值，能夠幫上妳的忙。」

「渡邊……」

千佳直率的眼神，充滿了迷人的魅力。

聲音也彷彿能滲進別人的身體裡。

考慮到千佳的性格，她絕對不會想利用女兒的身分讓導演和別人見面。

假如有人拜託她這麼做，她應該會立刻用充滿輕視和厭惡的眼神瞪向對方吧。

但她剛才表示將不惜違反自己的原則，幫由美子和導演牽線。

如果認識平常的千佳，應該會被她的體貼感動到吧——

「……抱歉，渡邊，我已經去問過神代導演的意見，也和杉下先生商量過了。」

「什麼？咦……等、等一下。咦，可是爸爸現在應該很忙……？就算想和他見面也沒那麼容易吧……？」

「唉，我動用了一些門路。」

「動用門路？」

驚訝的千佳，表情明顯扭曲。

她用力咂了一下舌，不悅地啐道。

「又來了……！我真的很討厭妳這種地方……！反正妳又要說『交友關係就是這樣那樣』之類莫名其妙的話了吧……？」

「……………」

千佳咬緊嘴唇，煩躁地說道。

因為她應該是下定了很大的決心，而且難得完全是基於善意，所以由美子也很難說些什麼。

就在由美子尷尬地移開視線時，千佳喊了聲「真是的！」後，開始翻找自己的包包。

她從包包裡拿出一樣東西遞給由美子。

「那換這個！這個給妳！」

「咦…………………？」

由美子啞口無言。

千佳交給她的，是一個小手提袋。

這讓她陷入極度的混亂。

今天是聖誕夜。

送別人禮物一點都不奇怪。

不過，沒想到，千佳居然準備了這種東西……

「咦，等、等一下。我什麼都沒準備……」

「我知道啦。我又沒有想要回禮。總之妳收下就對了。」

千佳再次遞出袋子。

由美子戰戰兢兢地收下。

雖然袋子不大，但提起來滿重的。內容物上蓋了一條手帕，看不出來底下是什麼。

「呃……謝謝……」

「哎呀，真令人意外。這該不會是妳第一次坦率跟我道謝吧？」

「那是因為……」

千佳又開始說些惹人厭的話，但由美子實在提不起勁回嘴。

她緊張地向千佳問道：

「噯……我可以看一下裡面裝什麼嗎？」

「請便。」

由美子取下蓋在袋子裡的手帕，確認內容物。

裡面放了三個尺寸跟精裝書差不多的盒子。

寫在背面的似乎是標題。

整體設計很有機械感。

不如說就是機械。這是機器人……動畫的藍光光碟。

「…………………咦？這是？」

「神代動畫的藍光收納盒！我挑了三部世界觀和『幻影機兵Phantom』接近，並深刻描寫人性的作品！絕對很有參考價值！我借妳看，寒假期間要好好欣賞喔！」

「喔、喔……原來如此……啊～嗯，確實很有參考價值……謝謝……」

……該怎麼說，嗯。由美子就覺得奇怪。

千佳怎麼會準備聖誕禮物？

她根本沒意識到今天是聖誕夜。

單純只是借由美子藍光光碟當參考而已。

這讓由美子發自內心慶幸自己沒有因為會錯意亂說話。

儘管被這出乎意料的狀況嚇了一跳，由美子依舊純粹為千佳的體貼感到開心。

「——我之前也說過神代動畫除了機械設定以外描寫人性的部分也很棒尤其是每個角色懷抱的煩惱和糾葛都很強烈並常透過與其他角色的關係強調得更加深刻真的很有深度雖然無法否定就是因為有這樣的一面所以對機器人動畫沒興趣的人也會深受神代動畫吸引但不如說這才是原點——」

……雖然有點囉唆。

不過由美子確實沒想過透過觀看其他作品加深理解。

既然千佳說有參考價值，實際上應該就是這樣吧。

而且，由美子很高興千佳有好好守住界線。

如果她對由美子的演技加以評論或指導，由美子一定會激烈反駁。

這是不能跨越的界線。

是不能碰觸的部分。

正因為在意彼此，才會有不能踏入的領域。

千佳試著在遵守界線的情況下提供協助。

由美子一意識到這點，就不好意思道謝。

於是她借用了別人的台詞。

「……製作動畫是團體作業。」

「什麼？佐藤，妳剛才說什麼？」

「沒什麼。比起這個，渡邊，我請妳吃點好吃的東西吧。」

「好吃的東西？」

「鬆餅。」

「！」

千佳的表情瞬間一亮。

但或許是覺得表現得太明顯很難為情，她不自然地咳了一聲。

「嗯、嗯嗯……鬆、鬆餅啊……唉，如果佐藤想吃，我是不介意啦……我也不是不能陪妳。」

千佳用手遮住上揚的嘴角。這傢伙還是一樣不擅長掩飾。

很久以前，千佳曾說過自己沒去過鬆餅專賣店。

她沒有勇氣一個人排隊，也沒有可以一起排隊的朋友。

偶爾給她一點福利也好。

「該選哪間店好呢～這附近的話……」

「佐、佐藤，我是不在意去哪裡吃啦，但那間店說不定不錯。不僅上面加了很多鮮奶油，還有焦糖醬跟冰淇淋……」

「真是的，妳好吵，而且靠太近了。」

由美子一用手機查詢店家，千佳就靠過來一起看螢幕。

兩人總算查到符合條件的店，一起朝那裡走去。

但兩個人一起走在充滿聖誕節色彩的路上實在很難為情。

為了營造平常的氣氛，由美子刻意挑釁地說道：

「接下來要去的店，我上次去的時候排了很多人。或許要排兩、三個小時。妳有辦法跟我一起待這麼久嗎？我應該是沒辦法。」

「坦白講確實難以忍受，絕對會感到呼吸困難。如果我看起來快窒息，妳可以離我遠一點嗎？」

「啥？我是無所謂，但妳有辦法獨自排隊嗎？一個人排隊實在太適合妳，應該會和背景同化吧。然後一直被人超前，一輩子都進不了店裡。」

「又來了。我真的很討厭妳這種地方。總之妳就乖乖滑手機吧。只要妳安靜看手機，我就能夠忍耐。」

「不用妳說，我也會這麼做。與其跟妳聊天，不如看手機看到沒電還比較好。就算是全黑的畫面，也比看陰沉的妳要好。」

「在那之前，像妳這種人只要手機沒電應該就會發狂吧？會開始擔心『與別人的連繫斷了！』『要跟不上大家的話題了！』之類的。畢竟妳平常攝取過多人際關係已經上癮了。」

「妳才是手機中毒者。畢竟妳平常就只會跟手機對看。」

「別講的好像事不關己好嗎？你們這種人獨處時不也是一直看手機。」

「我也會花許多時間和別人講話。別把我和妳這種拿手機當朋友的人相提並論好嗎？」

「喔？那樣不如說是滑稽吧。明明平常嬉嬉鬧鬧，一個人獨處時就突然開始一臉嚴肅地滑手機，情緒落差這麼大未免太好笑了。」

「妳平常都是一個人，所以情緒總是跌到谷底呢。只有一條橫線，就像死人的心電圖一樣。」

「我才比較擔心妳的血管會不會破裂呢。畢竟妳平常總是發出吵鬧又尖銳的聲音，用異常興奮的情緒在笑。那樣對心臟不好喔。感覺血管會爆裂。」

「喂，我話先說在前頭——」

兩人在持續拌嘴的情況下，度過了聖誕夜。

在聖誕節結束後，又過了幾天。

「——好。」

已經做好準備的由美子，在自己的房間鼓起幹勁。

新年的第一份工作，就是對由美子來說是第二次的「幻影機兵Phantom」的錄音。

能做的都做了。

已經盡了一切努力。

由美子平常第一次去錄音現場時，都是穿制服過去。不過今天是假日。

而且她平常是為了讓人容易留下印象才穿制服，但這次是因為其他理由。

上次因為自己實力不足，所以沒能好好錄音。

這次要首次完成能讓人接受的錄音。

「啊，由美子～稍等一下。」

由美子在玄關穿鞋時，被母親叫住。

「什麼事，媽媽？」

「來，不可以忘記笑容。知道了嗎？」

母親笑著將手指抵在女兒的臉頰上，反覆搓揉。

由美子朝母親笑了一下後，她才滿意地點頭。

「我女兒真可愛。放心，抬頭挺胸地去吧。由美子都那麼努力了～一定會順利的。媽媽向妳保證！由美子真～的非常努力了！」

「……嗯，謝謝妳。媽媽。」

「反過來講，如果都那麼努力了還失敗，就表示妳不適合當聲優吧。」

「媽媽？」

聽完這段不曉得該說是激勵還是什麼的話後，由美子前往錄音室。

手機在路上震動了好幾次。

之前給她建議的前輩聲優們，各自傳了簡訊鼓勵她。

由美子用力握緊儲存著那些訊息的手機，踩著穩重的腳步前往錄音室。

就連走路的時候，她腦中也裝滿了白百合的事情。

就這樣邊想邊走。

「————————」

「由美子！」

突然被叫住，讓由美子嚇了一跳。

回頭一看，就發現加賀崎帶著奇妙的表情站在那裡。

撐過年底忙碌期的加賀崎，已經恢復成平常活力十足的狀態。

她今天也特地來到現場。

不過，她一臉擔心地摘下太陽眼鏡。

「由美子，錄音室是在這個方向喔。妳打算去哪裡啊？」

「……咦？」

加賀崎站在錄音室前方，但由美子直接從她前面經過。

不小心走過頭的由美子，連忙跑到她身邊。

「我在想一些事情。」

「…………唉，算了。」

由美子一露出難為情的笑容，加賀崎就如此嘆道。

然後，她拍了幾下由美子的肩膀。

「走吧。讓大家見識妳的努力。小林檎會好好在一旁看著妳。」

「嗯。謝謝。」

由美子用力點頭。

有加賀崎在，就像打了一劑強心針。

兩人一起走進錄音室後便暫時分開，各自去跟人打招呼。

和工作人員打完招呼後，由美子進入錄音間向聲優們搭話。

「大野小姐，早安。今天也請多指教。」

「嗯，請多指教。」

由美子向坐在長椅上的大野低頭致意。

對方和之前一樣，只有簡單回應。

但大野有看向由美子。

這讓由美子瞬間繃緊了身體。她想起上次錄音時被罵的事情。

明明加賀崎提醒過她「不要緊張」，她還是差點僵住。

由美子沒有在手上寫「人」字舒緩緊張，而是回想起至今所做的事情，以及加賀崎、母親和其他許多人對自己說過的話，勉強恢復冷靜。

她從大野那裡離開，改向森搭話。

「森小姐，早安。今天也請多指教。」

「────」

森緩緩抬頭。

雖然由美子和森打過三次招呼，但對方每次都只簡單回應「請多指教」就結束了。由美子本來以為這次也會如此，但森什麼也沒說。

只是用讓人猜不透的雙眼凝視著這裡。

由美子不知為何沒有移開視線，兩人就這樣對視了好一會兒。

真是個漂亮的人。即使近距離觀察，也完全無法從她身上感覺到實際年齡。

簡直像是從某個時間點開始，就連時光的流逝都被遺忘了。

無論是滑順的秀髮、常保細緻的肌膚、令人驚豔的美貌，還是最重要的聲音都一樣。

「……妳。」

「是、是的？」

直到對方開口，由美子才回過神。

這是她第一次主動和由美子說話。

由美子緊張地等待對方的下一句話，但結果森還是跟平常一樣只回了句「請多指教」。

雖然有點掃興，但或許總比被講了什麼令人在意的話要好。

此時，由美子總算看向千佳。

不過由美子沒跟她打招呼，兩人只有交換了一下視線。

錄音開始了。

隨著自己上場的時間逐漸逼近，心跳也加快到讓人厭煩的程度。

腦中浮現出上次的醜態，不管怎麼甩都甩不掉。感覺就連腳都要開始顫抖。

由美子嚥下這些情緒，等待自己的出場時機。

終於就快輪到白百合登場的橋段，由美子和其他聲優交換位置，站到麥克風前面。

加賀崎這時候待在控制室。

千佳則是已經在麥克風前面演出，由美子交互看向兩人。

由美子在心裡描繪至今累積的練習和準備，以及持續挖掘的角色——白百合的事情。

加賀崎曾說過要讓白百合降臨到自己身上。

之前做的一切都只是事前準備而已。

就在由美子握緊劇本，準備上陣的時候——

喀嚓一聲——

在自己的心裡——

好像有什麼——被切換了————————

「————————————」

演完了。

這個場景結束了。

由美子的戲分結束，其他演員的戲分也結束了，沉默降臨錄音間。

懷著彷彿即將被宣判的犯人般的心情，由美子靜靜等待音效指導開口。

她忍耐著心臟的疼痛，握緊充滿手汗的手。

「……ＯＫ，換下一個場景。」

聽見這個聲音的瞬間，由美子深深吐了口氣。

感覺差點就要癱在地上。

太好了……

「歌種同學，請不要鬆懈。錄音才剛開始而已。」

「啊，對、對不起。」

杉下開口提醒，由美子連忙道歉。

不過他似乎只是在開玩笑，錄音間內響起一陣笑聲。

其他聲優拍著由美子的肩膀表示鼓勵後，她總算能露出笑容。

然後，錄音安然結束了。

由美子深深嘆了口氣。

結果只有第一次是一次就通過，其他場景都重錄了幾次。和其他聲優相比，實在很難說是錄得很順利。

不過，還是比上次要好得多。也不需要留下來繼續錄音。

即使中間遭遇挫折，還是能覺得自己表現得不錯。

證據就是在大家互相道別後，有其他聲優過來慰勞由美子。

「哎呀～妳很努力呢！進步了很多。讓我放心了。」

「真的呢。這麼快就達到這水準，妳一定很努力吧。」

「我本來還擔心會陷入跟上次一樣的重錄地獄呢。哎呀，真是太好了。辛苦了！」

由美子很高興能聽到這些話。

就在她道謝時，錄音間的門開了。

「歌種同學。」

連杉下都來到這裡。

他調整著眼鏡，露出微笑。

不過他接下來說的話，並非單純的慰勞。

「妳很努力呢。妳的演技變得很好，簡直就是煥然一新。不過……」

「不、不過？」

「希望妳別就此滿足。妳應該還能表現得更好，再讓自己提升一個階段。我們想要的是那樣的演技。」

「再提升一個階段──」

一聽見杉下的話，由美子感覺思考逐漸變清晰。

伴隨著思考逐漸被染成白色的感覺，由美子開口問道：

「還有──還有其他高牆要跨越嗎？」

「是的。這次有到及格的水準，不過離完美還有一段距離。必須請妳繼續提升自己。我們都期待妳的表現。下次請以跨越那道高牆為目標。」

「────」

由美子不認為自己的演技已達完美。

不過杉下並不是在說這方面的事情，而是在暗示還有更高的境界。

並且相信她能抵達那個境界。

即使目前已經算是拚盡全力，但還有進步的空間。

到底該怎麼做──

「好了啦，她這次表現得很不錯，這樣就行了吧。」

看見由美子陷入沉思，前輩聲優苦笑著說道。

杉下也跟著點頭贊同。

就在杉下準備返回控制室時，由美子連忙叫住他。

現在不是想這種事的時候，還有其他事情得做。

「那個，杉下先生。可以的話，能讓我重錄之前的部分嗎？」

杉下緩緩轉身。

他默默看向這裡，因此由美子直接說出內心的想法。

「上次我表演得一點都不好，可以說是完全不行。我自己無法接受，也無法讓別人接受。可是，我現在一定能演得更好，能將白百合表現得更好。所以可以的話，希望能讓我重錄。」

「——好吧。」

杉下淺淺一笑。

即使這完全是由美子個人的任性，他還是乾脆地答應了。

或許杉下原本也打算如此提議。

他沒有繼續說下去，立刻返回控制室。

「——既然如此，我也留下來吧。和主角一起演，應該能演得比較好吧。」

聽見這樣的聲音，由美子看向聲音的來源。

千佳一臉若無其事地看向這邊。

「渡邊……」

「喔？夕暮同學也要留下來嗎？那我也一起吧。為了前途有望的年輕聲優，我偶爾也該表現出前輩的樣子。如果有什麼想問的事情，可以盡量問喔。」

「喔？那我也展現一下前輩的風範吧。我也要加入。大家一起創造出好作品吧。」

「各位……」

幾名前輩聲優如此說道，錄音間頓時熱鬧了起來。

「辛苦了。」

「辛苦了～」

不過當然也有些聲優選擇離開。

森和大野沒特別說什麼，就直接回去了。

儘管多少感到有些寂寞，但由美子現在還有事要做。

工作人員們連忙開始準備，由美子逃離其他聲優的關注，站到麥克風前面。

千佳就站在她旁邊。

「…………」

兩人沒有對話。

就連視線都沒有交集，只是一同望向螢幕。

不過在沒人注意這裡的時候。

兩人沒有互看對方，直接輕輕地，真的只是輕輕地擊了一下拳。

NOW ON AIR!! 第39回

「夕陽與～」

「夜澄的～」

「高、高中生廣……咦？廣播！」

「……大家早安。我是夕暮夕陽。」

「……大家早安。我是歌種夜澄。喂，節奏差太多了吧。害我嚇了一跳。只是休個年假，會差這麼多嗎？妳原本就很缺乏的協調性終於枯竭了嗎？」

「啥？明明是妳自己說太快吧。妳總是把錯推給別人，過得真是輕鬆呢。『我一點錯也沒有！錯的是這傢伙！』——妳這樣大喊的樣子，真的是有夠難看！」

「啊？我跟妳說……咦，小朝加，怎麼了嗎？啊，大家新年快樂。」

「在這時候說嗎……？大家新年快樂。」

「啊～害我忘了剛才原本打算說什麼……那麼，今天要聊新年的話題嗎？呃～說到新年的廣播，聽眾信件通常會問『今年有什麼抱負』吧。」

「是啊，我這裡也有封這樣的來信。不過，問這種缺乏幹勁的廣播節目今年有什麼抱負，好像沒什麼意義呢。」

「是啊。如果有什麼正經的抱負，會在其他地方公布，所以這話題可以到此為止了吧？小朝加也聽聲優的抱負聽到煩了吧？」

「……喔，沒這回事啊。咦？『大部分都是以今年的抱負為題的搞笑問答，所以聽得很開心』？原來如此。」

「大家要求聲優玩搞笑問答的頻率也太高了吧，差

不多該進行取締了。我不想玩搞笑問答，可以聊和新年完全無關的話題嗎？嗯……這是什麼？」

「信件？呃～化名『山藥泥鮭魚昆布』同學的來信。『通常新年的第一場廣播，主題都會是今年的抱負，但兩位的個性都很彆扭，感覺會想跳過這個話題呢（笑）』……」

「別亂預測別人的行動啦。可以不要這樣把人逼入絕境嗎？」

「……怎麼辦？感覺不管說不說抱負，都會讓這個人很開心。」

「這種失敗的感覺是怎麼回事……唉，算了，就說吧。我的抱負是在接下來的廣播聯合活動全力以赴。」

「與其說是今年，不如說是一月的抱負呢。那我的抱負也一樣。」

「那麼，我下次的活動真的想要好好努力，現在可說是幹勁十足。我會認真去主持，大家別被我嚇到喔。」

「不管對方是同經紀公司的前輩還是同團體的前輩都無所謂，我會將阻擋在我前面的傢伙全都打倒，用足以惹惱櫻並木小姐和柚日咲小姐粉絲的氣勢去主持。」

「那樣就有點過火了……真恐怖……我們的粉絲，會保護我們嗎……」

to be continued……

今天要錄新年的第一場廣播。

為了在錄音前開會討論，由美子正在會議室內待命。

她獨自待在寬廣的會議室裡，雙手抱胸，坐在椅子上念念有詞。

「嗯……」

由美子靠在椅背上，不斷晃動身子。

「嗯……」

然後又閉著眼睛，整個人靠在椅背上。

至於高出椅背的頭，則是完全往後仰。

由美子體驗著長髮倒過來往下垂的感覺，繼續喃喃自語。

「妳在幹什麼？」

就在她開始覺得腦充血時，聽見了某人的聲音。

由美子一睜開眼睛，就在倒過來的視野內發現千佳。

她正傻眼地俯瞰著這邊。

以目前的角度，由美子能夠看見站在自己正後方的千佳的胸部。

「……姊姊，妳還是一樣沒什麼胸部呢。」

「…………」

或許是因為有點腦充血，由美子說出坦率的感想。

千佳的眼神突然散發出可怕的魄力。

她用雙手抓住由美子的頭。

然後直接用力。

「痛痛痛痛痛！對不起，對不起啦！」

由美子不斷向用力擠壓別人頭部的千佳道歉。

在不曉得第幾次道歉後，千佳總算放鬆力道，由美子也順便將頭拉回來。

「所以妳從剛才開始就在嘟囔些什麼？是跟Phantom有關——看來沒有呢。如果是那樣，妳應該會表現在臉上。我知道了，是妳演出的作品被人罵得很慘吧。放心吧，不是妳的錯。」

「可以別擅自貶低虛構的作品來安慰人嗎？」

由美子將手機亮給在旁邊坐下的千佳看。

她打開行事曆，指著其中一個日期說道：

「之後不是要辦活動嗎？就是和乙女姊姊跟小玖瑠一起辦的廣播聯合活動。」

「啊，的確。就是那個莫名其妙到讓人嚇一跳的活動。」

「嗯。到時候不是會見到小玖瑠嗎？之前也有說過，我想趁機向她道謝。但我還沒想到該怎麼做。妳有什麼好主意嗎？」

「啊……那件事啊。這個嘛……」

千佳思索了一會兒，用手做出拿著盒子的動作。

「送她點心禮盒怎麼樣。啊，我很喜歡那個。就是裝著小起司蛋糕的那種。」

「我才不管妳喜歡什麼。不，如果沒想到其他辦法，我應該會送這個……但一邊說『這是之前那件事的謝禮』，一邊交給對方一個大禮盒，不會很像上班族在跑業務嗎？」

「不然就是像在辦演唱會或活動時，送的慰勞品呢。」

千佳似乎也覺得不太妥當，開始繼續思考。

「……是要感謝柚日咲小姐吧。不如找她去卡拉ＯＫ，我們讓她自由點歌，然後唱給她聽怎麼樣？」

「……原來如此？」

千佳或許是想起之前去唱卡拉ＯＫ的事情，才提出這樣的意見。

芽玖瑠是歌種夜澄和夕暮夕陽的鐵粉。

或許沒什麼比這更好的禮物。

「……渡邊，妳可以幫忙去跟小玖瑠說嗎？『作為之前那件事的謝禮，我們想為了妳唱歌！』之類的。」

「…………………如果在私人場合這麼說，我應該會害羞到想死。」

雖然對方一定會很高興，但兩人的精神都沒強到能說出這種話。

「啊，不然料理怎麼樣？可以做飯給她吃。因為去她家太給她添麻煩了，可以做個便當給她。」

「不……那樣有點……」

由美子努力嚥下「她又不是妳」這句話。

千佳吃過很多次由美子做的飯，而且她平常的飲食生活可說是慘不忍睹。

然而，她又很貪吃。

如果替她做便當，她一定會很開心。

不過正常來講，突然跟別人說「我替妳做了便當」然後交給人家，只會造成困擾。

由美子不曉得芽玖瑠喜歡吃什麼，也不知道她能否接受別人親手做的料理。

「放心吧。我也會一起做。」

「我完全不曉得到底有哪個部分能放心。我真的不需要妳的幫忙。」

如果兩個人一起做，大概要多花十倍的工夫。

由美子揮手拒絕後，千佳皺起眉頭。

「妳從剛才開始就一直否定別人的意見。自己主動問別人再一一否定，是典型會被討厭的類型。妳不是隸屬於比起死亡，更怕被別人討厭的種族嗎？快點發揮妳的特長，低俗地附和別人啦。」

「啥？自以為正確而不肯退讓的人，也是典型會被討厭的類型吧？連附和都不會，只會提一些奇葩的意見，可以不要用這種擾亂討論的方式滿足自己嗎？妳就是這點討人厭喔。」

「這是妳腦袋能力的問題吧？居然有這種只顧著把頭髮燙捲，忘記動腦的可悲動物。真是讓人忍不住流淚。」

「這傢伙……如果妳能提出好一點的意見，我也不會一直否定。唉，像妳這種沒朋友俱樂部白金等級的會員，應該是不會送別人禮物吧。」

「啥？送別人禮物這種行為有這麼了不起嗎？每個月都在在意別人的生日，看著月曆過日子應該很開心吧。義務性地送禮再義務性地表示開心的生活，還真是美好呢。雖然我一點都不想過那種生活。」

「可以不要說得像是在講繞口令嗎？用自卑感調味得太重，我的胃都快痛起來了。」

「明明就只有字面上的意思，可以不要這樣過度解讀嗎？妳是每次考試都會放棄國語這科的類型嗎？」

「單純是妳不了解也不想了解被人慶生的喜悅和挑生日禮物的興奮心情吧。妳就一輩子過『今天是自己的生日，所以要送自己生日禮物★』的生活吧。」

「妳才是一輩子過收到奇怪花紋的襪子，還得回應『討厭～好可愛喔～』的扭曲生日吧。」

就在兩人互相瞪視、爭吵不休時，會議室的門開了。

「久等了，我們來開會討論吧。」

來人是朝加。

她早就看習慣兩人吵架，所以一點都不在意。

朝加將劇本放在兩人前面，然後坐在由美子對面。

因為已經被千佳煩得受不了，由美子將話題丟給朝加。

「我說小朝加，妳從別人那裡收到什麼樣的謝禮會最開心？」

「強健的身體。」

「都說是從別人那裡了，不是要妳說內心最深切的願望。嗯～假設是後輩送的禮物，妳會想要什麼？就算不是東西也沒關係。」

「咦？會想要什麼呢……想要的東西我會自己買……啊，最能讓我開心的應該是那個吧。小夜澄幫我打掃房間，或是做飯給我吃。」

「…………」

不，那樣有點……那是因為朝加的房間根本是地獄才得以成立……

朝加也好，千佳也好，難道自己身邊只有生活白痴嗎……

結果由美子還是不曉得該送芽玖瑠什麼。接著轉為廣播的開會討論。

討論進行得很順利，看起來能像平常那樣結束。

此時，朝加像是順帶一提似的說道：

「啊，之前提到的廣播聯合活動，預定會以讓三個節目對決的方式進行。拜託妳們啦。」

「咦，對決？要怎麼對決？」

「……這點倒是還沒決定。」

朝加含糊地回答。

那不就等於幾乎什麼都還沒決定嗎？

由美子和千佳瞇起眼睛看向朝加，後者露出敷衍的笑容說道：

「啊，可、可是，已經確定獲勝的節目能夠得到獎品了。」

看來贏了會有獎品。

就在兩人開始產生一些期待後，朝加又傳達了另一件事。

由美子和千佳一聽，隨即驚訝地互望彼此。

「只要有乙女姊姊在，規模就會明顯變大呢……」

到了廣播聯合活動當天。

由美子仰望活動會場，如此低喃。

今天的活動是由三個廣播節目，「夕陽與夜澄的高中生廣播！」「柚日咲芽玖瑠的轉啊轉旋轉木馬」和「櫻並木乙女的簡直就像在賞花一樣」一起舉辦的聯合活動。

為了鞏固由美子她們現在的形象，加賀崎曾提議讓她們多曝光。儘管現在已經不用再強調形象，但這場活動就是當時談好的。

因此，連平常十分忙碌的乙女也會參加。

而想必也是因為櫻並木乙女的緣故，才會準備這麼大的會場。

由美子從後門進入會場，在跟工作人員們打過招呼後前往休息室。

她一打開休息室的門——便大吃一驚。

因為裡面坐著一個非常可愛的女孩。

清澈的眼眸、堅挺又形狀姣好的鼻子、粉嫩的嘴唇，以及襯托出這些部位的優雅妝容。就連肌膚都細緻到讓人陶醉。

在嬌小緊實的身軀上，套著一件寬鬆的高領衫。雖然上衣將黑色緊身褲蓋住了一半，但反而更襯托出可愛的一面。

稍微編過的頭髮也營造出一種時尚感。

是個美少女，有美少女在。

「早安。」

「……早安。」

由美子和那位美少女——千佳打招呼。

千佳現在是用來參加公開活動的夕暮夕陽的裝扮。

她之前盛裝打扮時散發的美少女氛圍，每次都會讓由美子看得說不出話。

然而，看過那麼多次後，終究還是習慣了。

儘管由美子對她的可愛感到戰慄，依舊能夠隱藏起自己的動搖。

由美子自然地走進休息室後，千佳就驚訝地喊道：

「……怎麼了？感覺妳的動作有點生硬。」

「咦，不會吧。不，我才沒有。真的沒有。」

雖然被發現不對勁時有些動搖，由美子仍隨便找了張椅子坐。

休息室很大。

裡面放了幾張桌子，同時也有不少椅子和梳妝台。

此時，一個聲優開門走了進來。

「早、早安，小玖瑠。」

「柚日咲小姐，早安。」

「…………」

柚日咲芽玖瑠走進休息室後，並沒有回應兩人的招呼。

反而不悅地嘆了口氣。

她直接默默地找了張離兩人有段距離的椅子坐下，因此由美子立即坐到她旁邊。

「真是的，不需要表現得這麼冷淡吧。難得舉辦聯合活動，還是好好相處吧。」

「囉唆，別靠近我。只要在舞台上好好相處就夠了吧。光是被捲入這個用來幫妳們擦屁股的活動，就已經夠讓我生氣了。」

「咦？可是多虧了這樣，妳才能和乙女姊姊一起工作，難道妳不高興嗎？」

「沒有關係，因為是工作。我不會在這種場合夾帶私情。跟妳們一起工作就更不用說了，我一點都不開心。所以別理我啦。」

「別這麼說嘛～」

由美子緊黏著不悅地想要逃開的芽玖瑠時，突然想起一件事。

她想起自己之前的想法，於是離開座位。

「咦，啊……怎、怎麼突然走掉了。咦，該不會是我說了什麼話惹妳生氣……？」

芽玖瑠意外地露出不安的表情。

由美子向開始驚慌失措的她說明狀況。

「小玖瑠，我們今天和妳是敵對關係，所以不該太過親密。」

「啥…………？」

面對困惑的芽玖瑠，千佳接著說明。

「我們今天的目標是優勝，所以會毫不留情地全力以赴，請妳做好覺悟。」

千佳以閃耀的眼神看向芽玖瑠。

即使如此，芽玖瑠的表情依然陰沉。她皺著眉頭，困惑地說道：

「唉……隨妳們高興吧。不過難道只要取得優勝，經紀公司就會原諒妳們至今的所作所為嗎？」

「不，是沒有這種特別獎品……咦？我們果然還是無法獲得原諒嗎……？」

這個出乎意料的回答讓千佳大為動搖，但她立刻咳了一聲蒙混過去。

由美子豎起手指，用堅定的聲音繼續說道：

「小玖瑠，妳有聽說在活動中拿下優勝的節目能獲得什麼獎品嗎？」

「啊……這個嘛，我是有聽說。」

「我們想要那個。絕對要拿到那個獎品。」

千佳也以同樣堅定的語氣說道。

芽玖瑠的表情變得更加困惑。

「是這樣嗎……？我是覺得住自己家的高中生根本不需要那個……唉，隨妳們高興吧。」

芽玖瑠揮了揮手，冷淡地回應。

她用手扶著臉頰，表現出毫無興趣的樣子。

「嗯。」

不過，芽玖瑠像是突然想起什麼般抬起頭。

「妳們就這麼想要那個獎品嗎？」

「嗯。非常想要。而且勢在必得。」

「沒錯。雖然非我本意，但這次我打算和夜合作。」

「喔？」

聽完兩人的鬥志宣言後，芽玖瑠雙手抱胸瞇起眼睛。

她打量似的看向兩人。

然後露出壞心眼的笑容。

「我只要活動能辦得熱烈就好，其他事都無所謂。不過看妳們對獎品如此執著……我開始想要妨礙妳們獲勝了。」

芽玖瑠的挑釁發言，讓氣氛瞬間變得緊張。

千佳也和芽玖瑠一樣瞇起眼睛。

從她的雙眼裡，射出銳利的視線。

芽玖瑠露出笑容，挑釁般地哼了一聲。

「畢竟妳們之前可給我添了不少麻煩。妳們兩個懊悔的表情，對我來說就是最好的優勝獎品。嗯，我稍微有點幹勁了。這場活動感覺會變得很有趣。」

芽玖瑠之前也經常露出這種嘲笑般的表情。

既然對方都說到這種程度，自己也不能默不作聲。

由美子內心燃起了鬥志。

千佳似乎也是如此，她露出無畏的笑容，從正面緊盯著芽玖瑠。

「——嗯，請柚日咲小姐務必全力以赴。像這樣鼓起幹勁最後卻輸掉時，妳那因為羞恥和不甘心扭曲的表情正好適合當成副獎呢。」

「嗯。小玖瑠是那種得意忘形後就會失敗的類型。像這樣發下豪語是無所謂，但還是趁尚未後悔時安分一點比較好吧？」

「小鬼們，妳們可真會亂吠。等著我把這些話丟回妳們身上吧。啊，對了。等我拿下優勝後，如果妳們願意低頭懇求，我也不是不能把獎品送給妳們喔？記得求我時要誠懇一點啊。」

三人的視線不斷擦出火花。此時一個與現場氣氛毫不搭調的人現身了。

休息室內響起一道可愛又開朗的聲音。

「早安～小夜澄、小夕陽、小玖瑠！今天請多指教啦！」

「——是的，請多指教，櫻並木小姐。」

來人是臉上掛著純真燦爛笑容的櫻並木乙女。

芽玖瑠瞬間露出微笑回應。

她切換表情的速度之快，與其說是讓人傻眼，不如說是讓人佩服。

「大家早安～！我是『櫻並木乙女的簡直就像在賞花一樣』的主持人，櫻並木乙女！」

哇啊啊啊啊啊啊啊啊啊——！小櫻！早安～！妳好可愛～！呀～！

「好～大家一起，轉啊轉～！我是『柚日咲芽玖瑠的轉啊轉旋轉木馬』的主持人，柚日咲芽玖瑠！」

哇啊啊啊啊～！轉啊轉～！轉啊轉～！芽玖瑠～！妳好可愛～！

「大家好～我是『夕陽與夜澄的高中生廣播！』的主持人，歌種夜澄。」

「同上，我是『夕陽與夜澄的高中生廣播！』的主持人，夕暮夕陽。」

哇啊～！夕姬～！夜夜～！

「喂，歡呼聲怎麼明顯減少了。怎麼回事，難道剛才對乙女姊姊歡呼的觀眾都回去了嗎？你們不知道什麼叫體貼嗎？」

哇啊啊啊啊啊啊～！夜夜～！妳好可愛～！呀～！

「謝謝各位，我一直都相信你們喔。」

「喂～小夜澄，請不要強迫觀眾發出歡呼聲。」

芽玖瑠的話，讓現場充滿了笑聲。

由三個節目一同舉辦的廣播聯合活動，就這樣開始了。

從舞台往下看會覺得觀眾席的空間很大，但位子依舊都坐滿了。

大部分觀眾都是為了乙女和芽玖瑠而來，不過還是有被由美子逗笑。

舞台上有四個人。

四人身上穿的，都是節目準備的類似體操服的服裝。

工作人員、編劇和導播都在舞台旁邊待命。

他們偶爾會朝這裡舉大字報，指示活動如何進行。

「呃～那麼！開始來說明這次的活動吧。」

芽玖瑠拿著麥克風主持活動。

她遠比別人擅長炒熱氣氛。

所以主持的工作自然交到她的手上。

「我們三個節目這次要透過各種遊戲來對決！每種遊戲都會有分數，最後用總分來決定名次。然後，得分最高的節目！居然！能夠獲得豪華獎品！那個獎品就是！」

芽玖瑠大動作地將手揮向後方的螢幕。

伴隨著「磅」的音效，螢幕上顯示出一張圖片。

『高級燒肉店「重重宴」十萬圓餐券。』

「什麼！居然是那間重重宴的餐券！這確實會想要呢！好開心！幸好不是奇怪的獎品！」

「哇～重重宴很不得了呢～！」乙女拍著手說道。

「超想要！我絕對要拿到！我想吃燒肉！」由美子舉手說道。

「我，那是我的。」千佳不斷點著頭說道。

「呃……感覺高中生廣播的鬥志相當旺盛……大概是因為她們都還是正在發育的學生……那麼，呃～小夜澄好吵！主持人正在講話耶！」

芽玖瑠的主持，讓會場響起笑聲。

每當她開始裝傻，觀眾就會大笑。

這種活動的觀眾笑點原本就很低，但即使不考慮這點，氣氛也是相當熱烈。

如果能一直維持到最後，觀眾和來賓應該都會對這個活動很滿意。

不過，這次可不能這樣就滿足。

目標是優勝。

由美子看向千佳，而她也正看向這邊。

兩人互相點頭。

「那麼，第一場對決！『怦然心動☆愛的告白情境大．作．戰☆』……這名稱好土。啊～抱歉抱歉。我來說明一下。」

芽玖瑠看著劇本主持活動。

「我們四人抽籤，然後表演籤上寫的告白台詞。要進行可愛！又讓人怦然心動的！愛的告白！然後按照評價獲得分數。負責擔任裁判的，是導播大出先生。」

芽玖瑠說明的期間，工作人員迅速將籤筒放到桌上，再迅速離開。

「最高分是十分！雖然每個節目都要表演，但高中生廣播組只能派出一個代表！順序……是用猜拳決定！現在開始猜拳！」

透過猜拳，最後決定將按照乙女、芽玖瑠、高中生廣播的順序進行。

被選為第一棒的乙女戰戰兢兢地從籤筒裡抽出籤。

她打開籤後，露出困擾的表情。

然後看起來沒什麼自信地走到舞台前方。

「那、那個……我不太擅長這種事……請大家不要對我太期待……」

儘管是透過麥克風說話，她的聲音依然很小。

乙女滿臉通紅，連眉頭都垂下來了。

看來她真的很不擅長這種事。

「那麼，請開始！」

芽玖瑠的聲音響起。

乙女紅著臉，沮喪地凝視著紙籤。

不過，她立刻下定決心抬起頭，生澀地開口：

「『我、我……是第一次這麼……喜歡一個人……最、最喜歡你了！請讓我當你的女朋友！』……好、好難為情喔～！那個，對不起，我真的說不下去了……！哇～！討厭～！

討厭啦～！」

她非常害羞地唸完台詞後，紅著臉轉過頭。

下一個瞬間，會場爆發出歡呼聲。

其他三人在舞台角落看著這個場景，竊竊私語。

「姊姊的可怕之處，就在於她那些舉動都不是裝出來的。」

「是啊。要不是有小櫻在，我也會刻意裝成那樣。」

「如今柚日咲小姐就算做了相同的事情，也只會被比下去……不如說我們接下來不管怎麼做，都無法讓觀眾留下印象吧？」

看著害羞地回應那些歡呼聲的乙女，三人只能感到戰慄。

不過，芽玖瑠看準時機舉起麥克風。

「好的！非常感謝！哎呀～真不愧是小乙女！連我都覺得好心動！那麼，她的分數究竟如何呢！導播先生！」

芽玖瑠朝舞台旁邊問道，現場響起一陣鼓聲。

伴隨著鼓聲的音效，後方的螢幕顯示出分數。

『十分』。

「請等一下。」

即使被歡呼聲淹沒，由美子仍舉起手和麥克風。

她大聲提出意見。

「不不不！大出先生，這樣太奇怪了吧！這種情況通常會用第一個人的分數當標準吧？怎麼可以一開始就給滿分？你是第一次辦這種企畫的新手嗎？」

「好的，小夜澄提出了抗議。哎呀，她說得很有道理呢。導播各方面都搞不清楚狀況呢。咦，你說什麼？『因為真的太可愛了』？你以為自己是觀眾啊？」

在芽玖瑠抱怨的同時——

活動仍持續進行。

「『前輩。前輩是怎麼看待我的～？我嗎？我啊……你覺得是怎樣？欸嘿嘿，我最喜歡你了。』」

芽玖瑠用非常心機又可愛的說話方式，讓觀眾沸騰。

由美子看著芽玖瑠，將臉湊到千佳的耳朵旁邊。

「姊姊。我們只能派出一個人吧。妳願意上場嗎？」

「我嗎……是沒什麼關係，不過為什麼？」

「因為我的演技和小玖瑠是相同性質。這樣分數應該也會差不多。與其拿個不上不下的分數，不如派妳出場還比較有機會吧？」

「……原來如此。既然如此，就由我上吧。」

兩人開完作戰會議後，螢幕上公布芽玖瑠的分數是「八分」，將換下一個人登場。

「那麼，接下來輪到高中生廣播組！決定好要派誰上場了嗎？」

「我來。」

「喔，是由小夕陽來挑戰！這還真是令人期待呢！」

千佳按照自己的宣言，從籤筒裡抽了一張籤。

她拿著那張籤，威風凜凜地站在舞台前方。

「那麼，請開始！」

芽玖瑠一開口，千佳就凝視著前方。

表情凜然地舉起麥克風。

然後，用她澄澈的聲音——

「……你……所以……我……最……喜歡…………」

「給我等一下。」

由美子舉起手和麥克風。

她再次被迫發言。

「搞什麼？什麼都聽不見啊！為什麼？為什麼用麥克風還這麼小聲？原來這裡還有一個不懂企畫的傢伙！」

由美子指著千佳走到前方。

接著，連耳根都紅了的千佳用雙手遮住臉。

看見千佳準備逃跑，由美子抓住她，用力撥開她的手。

露出底下那張眼眶含淚，充滿不甘心的表情。

千佳用羞恥的語氣喊道：

「我、我有什麼辦法！我是第一次做這種事！我怎麼知道會這麼難為情！妳是故意把這個丟臉的差事丟給我吧！」

「要是知道妳這麼沒用，我就自己上了！這種害羞的模式，乙女姊姊已經先用過了！不如說反應都跟人重複了還說不出台詞也太厲害了！妳是刻意想拿最低分數吧！」

兩人在舞台中央吵鬧不休時，螢幕上公布了分數。

『五分』。

「妳看！真是的～！居然只有五分！乙女姊姊的分數是妳的兩倍！」

「嘰嘰喳喳地吵死了！不如說我至少拿了五分！雖然妳說我只能拿最低分數，但根本就沒這回事！妳根本是亂說話！」

「那是因為分數差太多無法營造緊張感，是大出先生終於開始認真考慮企畫的結果！才不是妳的功勞！那實際上就是最低分！」

「又來了！我真的很討厭妳這種地方……！不好意思，可以也讓夜來說嗎？既然這傢伙講得這麼了不起，我想看看她能做到什麼程度。」

「喔！好啊，我就說給妳看！各位！我可以給這傢伙好看嗎？」

在由美子的煽動下，觀眾們發出歡呼聲。

由美子立刻抽籤，用活潑可愛的方式唸出寫在上面的台詞。

「『曖曖，你喜歡我嗎？應該喜歡吧？我知道，因為我也一樣！最喜歡你了！』」

她用閃耀的表情搭配適合的動作，表現出開朗的樣子。

接著，觀眾席傳來「是小夜！」的聲音。

千佳立刻開口指責：

「根本是耍詐。這是耍詐。這個人在演戲，她在演小夜。太詐了。如果可以這樣，那我也能演小夕。」

「啥？這哪叫耍詐，是下工夫。話說本來就沒禁止演戲。自己想不到就對別人下的工夫指指點點，根本是奧客。妳這怪優……啊，怪優是怪物聲優的簡稱。」

「真要這麼說的話，妳不也……！」

兩人像平常那樣開始爭吵。

或許是判斷這樣下去會沒完沒了，芽玖瑠立刻拿起麥克風。

「好了，妳們兩個，要進入下個階段嘍。話說高中生廣播組的目標是優勝吧？認真的？妳們沒問題嗎？」

「下一個遊戲是！『要躲還是要避，躲避球對決！』……這名稱也太土了！咦，這是編劇想的嗎？妳的命名品味有這麼糟嗎？什麼？只有那裡被導播改掉了？那個人真的只會做些多餘的事情呢！」

芽玖瑠發表完評論後，繼續主持。

「呃，這次是團體戰！分成兩隊比賽躲避球，獲勝的隊伍能夠得分！至於分組，由我柚日咲芽玖瑠和櫻並木乙女一組！和高中生搭檔比賽！」

在芽玖瑠說明的期間，工作人員已經架好了小型球網。

因為地上事前就已經劃好線，再來只需要決定負責內場和外場的人員就好。

誰要去外場？

芽玖瑠似乎已經決定好了，讓乙女前往外場。

由美子去找千佳商量時，發現後者正緊盯著前方看。

「……………」

她在看芽玖瑠。

留在內場的芽玖瑠，正朝千佳露出挑釁的表情。

甚至還伸出食指做出挑釁的動作。

這明顯是在引誘千佳。而且還很小心沒讓觀眾看見。

面對這明顯的挑釁，千佳的眉毛動了一下。

「……佐藤。」

「我知道啦。我去外場。」

由美子實在很難叫正用銳利的眼神緊盯著芽玖瑠的千佳去外場。

既然她的鬥志如此旺盛，應該會表現得不錯吧。

為了節目效果，工作人員將麥克風遞給千佳和芽玖瑠。

千佳立刻指著芽玖瑠宣告：

「這場比賽將由我們拿下。我們是高中生，在體力方面占了極大的優勢，沒道理會輸。」

「喔？這是在炫耀年輕嗎？對十幾歲的人來說，二十幾歲的人已經算是阿姨了嗎？這我可不能原諒。」

芽玖瑠困惑了一下後，回了一句不怎麼俐落的台詞。

也難怪她會感到困惑。

雖然調侃年齡（在部分場合下）算是慣例，但兩人的年齡差距實在太小，不太適合用這個哏。

千佳無視由美子的擔憂，搖著頭繼續說道：

「不對，是因為我們平常都有在運動，所以體力有差距。我們在學校每個星期都要被迫換上三次運動服，被逼著運動。妳能相信嗎？」

「……是指體育課嗎？真虧妳能把體育課說得這麼糟糕……」

「但這非常有效。妳們兩位平常究竟有沒有在運動呢？我看過許多主張『人必須適度運動』的大人，但還沒看過有人實際這麼做。」

「唔。」

芽玖瑠尷尬地按住胸口。

千佳看向觀眾席，觀眾們也都難為情地別開視線。

不過，芽玖瑠還是虛張聲勢地喊道：

「可、可是我有透過練習演唱會之類的事情運動！」

「那只有在演唱會前吧。單純因為有必要才這麼做，日常根本和運動無緣吧？平常十分忙碌的櫻並木小姐，在私人時間也不會運動吧。妳之前曾說過『好像還是把個人資訊的興趣欄位上寫的散步刪掉比較好……』對吧。」

「小、小夕陽，妳不要爆料啦！」

千佳無視乙女從外場傳來的抗議，繼續說道：

「我們平常有在上體育課。這會造成很大的體力差距。我們甚至可以堅守到妳們體力耗盡，再慢慢收拾妳們。」

「唔……如、如果這麼做，活動時間會延長吧……」

「本來就沒有活動能夠準時結束。」

「唔……」

或許是看見芽玖瑠扭曲的表情後提起了興致，千佳開始無意義地左右橫跳。

但芽玖瑠的氣勢真的因此被壓抑。

看來千佳說的話並非毫無道理。雙方的體力有差距。

或許真的有機會贏。

就在由美子心裡開始產生期待時，宣告比賽開始的哨聲終於響起。

比賽是由乙女、芽玖瑠隊先攻。

芽玖瑠用力抓緊球，表情嚴肅地盯著千佳。

「的確，在體力方面或許是小夕陽妳們比較有利……不過，我會在體力耗盡前就收拾掉妳們！」

芽玖瑠鼓起幹勁丟出球，威力卻不怎麼樣。

球在空中劃出一條不上不下的拋物線，飛向千佳。

看來芽玖瑠不太擅長運動。

這樣或許真的有機會輕鬆獲勝。

千佳似乎也這麼想，她露出無畏的笑容，擺出架勢。

然後，她嚴陣以待地準備接球——

「噗啊！」

——但被球直接命中臉部。

她當場被打得整個人往後仰。

「啊……對了……那傢伙是運動白痴……」

由美子按著臉嘆道。

之前在體育課打籃球時也發生過相同的事。她基本上很笨拙。

不過因為千佳無視這點發下豪語，由美子才不小心忘了。

由美子原本沮喪地認定要輸了，但結果並沒有變成那樣。

「——夜！打到臉不算分！」

由美子聽見了這樣的聲音。

她抬頭一看，就發現擊中千佳的臉反彈後的球正高高浮在空中，緩緩飛向這邊。

「！夕，幹得好！」

芽玖瑠驚訝地離開邊線，但由美子的動作比她快一步。

她全力助跑，高高跳起。

身體還沒落地，她就穩穩抓住了球。

然後直接用力扔向正連忙後退的芽玖瑠。

「接招吧！」

力道強勁的球急速朝芽玖瑠落下，然後漂亮地命中。

「不管是用臉接球還是後來的吶喊聲，都一點也不像聲優……！」

芽玖瑠呻吟著倒地。

然後，伴隨著「嗶——」的音效，螢幕上顯示：「贏家，高中生廣播組！」

由美子忍不住衝向千佳，千佳也同樣跑向這邊。

「夕！」

「夜！」

兩人用力揮手，然後擊掌發出清脆的聲響。

觀眾們見狀，便發出「喔……」的騷動聲。

這段期間，芽玖瑠不甘心地躺在地上。

「不對……原本互相仇視的兩人心意相通的瞬間，不應該用在這裡……不應該用在躲避球上……我想在其他的場合看見啊……！」

芽玖瑠的呻吟，沒有傳進任何人的耳裡。

躲避球結束後，又進行了各式各樣的遊戲。

由美子等人全心全力地挑戰，所以戰況異常熱烈。

由於不斷輸輸贏贏，最後分數接近到不曉得是哪個節目獲勝。

活動就在這樣的狀態下進入公布階段。

「那麼！既然所有的遊戲都已經結束！接下來將要公布結果！究竟是哪個節目能夠獲得優勝獎品呢！」

四人在舞台前方排成一列，站最旁邊的芽玖瑠用麥克風如此大喊。

結果預定將公布在後方的螢幕上。

鼓聲開始響起。

分數微妙地接近。

不過希望能夠獲得優勝，贏得餐券。

就在由美子拚命祈禱時，芽玖瑠用挑釁般的視線看向這邊。

『看這狀況，獎品應該是屬於我的吧？』

因為她的表情像是在這麼說，由美子朝她做了個鬼臉。

為了阻止由美子和千佳獲勝，芽玖瑠非常認真地玩遊戲。

這根本是在找碴。不然就是異常地不服輸。

即使不考慮獎品的事情，由美子也不想輸給芽玖瑠。

拜託了！叫我的名字！

就在她拚命祈禱時，鼓聲結束，螢幕上顯示出一個人名。

究竟是芽玖瑠，還是高中生廣播呢——！

『優勝者是櫻並木乙女！』

「「「咦咦咦咦咦咦咦咦咦——！」」」

「啊，太好了。」

三人忍不住一同發出怪聲。

乙女完全沒注意到她們的想法，天真地感到開心。

不、不過大家的分數確實都很接近……

和魄力十足地互相競爭的由美子等人不同，乙女是正常地在努力。

雖然對乙女不好意思，但正因為其他人都很拚命，這樣的結果顯得格外掃興。

「那、那麼小乙女！請站到舞台中央！」

芽玖瑠在說話的同時，與剩下兩人一起移動到舞台角落。

工作人員已經先到舞台中央，準備將裝著餐券的信封袋交給乙女。

芽玖瑠看著乙女離開，將臉湊向這邊。

「……對我們彼此而言，都是令人遺憾的結果呢。不過妳們真的很拚命，讓我嚇了一跳耶。害我也跟著燃起鬥志。所以呢？妳們為什麼會這麼想要餐券？應該不是單純想吃燒肉吧？」

乙女從工作人員那裡收下信封，朝觀眾席露出笑容。觀眾們也以掌聲回應。

事到如今，繼續隱瞞也沒意義了。

由美子看著正在開心地發表感想的乙女，坦白說出原因：

「……因為之前受到小玖瑠的照顧，所以我們想向妳道謝。我們一起想過該怎麼做才能讓妳高興——最後的結論就是讓妳和乙女姊姊一起吃飯。」

「啥？」

「注意表情。」

芽玖瑠露出像在說「這傢伙在講什麼啊」的表情，然後被由美子提醒。

她連忙恢復笑臉，將視線移回乙女身上。

千佳接著說明：

「柚日咲小姐是櫻並木小姐的粉絲吧。如果能安排妳和櫻並木小姐一起吃飯，一定能成為最棒的回憶。所以我們本來想用那張餐券，找妳們兩個人一起去吃燒肉。」

「這就是妳們想拿下優勝的理由？未免太蠢了吧。就算妳們約我，我也不會去吧。我說過很多次，我不打算和其他聲優交流。」

芽玖瑠傻眼地嘆了口氣。

由美子開口回應：

「我知道。所以我們才想拿下優勝。如果按照正常方式約妳，一定會被拒絕，但如果在活動現場對著觀眾們說『我們四個人一起用這張餐券辦慶功宴吧！』就不一樣了吧？這樣妳就不得不去了。因為之後還得在自己的節目上向觀眾們報告結果，事情才算告一段落吧。」

芽玖瑠再次看向這邊，露出驚訝的表情。

她倒抽一口氣，像是把什麼話吞了回去。

然後氣餒地垂下雙手。

不過每個動作都只有一瞬間，她很快就恢復原本的表情。

「……………真可怕。妳們這兩個小鬼，居然打算事先截斷我的後路……」

芽玖瑠用力嘆了口氣。

然後她擺出一張不自然的笑臉，用可愛到讓人害怕的聲音繼續說道：

「看來我妨礙妳們妨礙得很值得。因為我根本就不想配合妳們的鬧劇。啊～真是太好了。妳們也別再打鬼主意了，快點忘掉之前的事吧。妳們的謝意只會對我造成困擾。」

「……………………」

由美子早就知道她會這麼說。

不過按照芽玖瑠的本性，如果能和乙女一起吃飯，她一定會很開心。

正因為明白這點，由美子她們才能擬定這樣的計畫。

才會想要抓住這個機會。

由美子沮喪地想著「以後應該沒這種機會了」，同時看向剛才一直很努力的乙女。

芽玖瑠看著乙女閃耀的笑容，跟著笑道：

「唉，這才是最好的結果。觀眾能看到小櫻的亮眼表現，我順利逃離妳們的計畫，妳們也能忘記謝禮的事情，這樣大家都開心。這才是最好的——」

「那麼，我想把這張餐券用在我們四個人的慶功宴上！」

乙女舉起信封袋，開心地如此宣告。

原本滔滔不絕的芽玖瑠瞬間僵住。

由美子和千佳互望彼此。

「太好啦！姊姊最棒了！我最喜歡妳了！」

「————啥？」

由美子高舉雙手發出的歡呼聲，和芽玖瑠空虛的聲音在同一時間響起。

NOW ON AIR!! 第41回

「前陣子的廣播聯合活動辛苦了。感謝大家的參加。」

「謝謝大家。我們也收到了許多感想信件，之後會好好閱讀。呃～化名『好拿雞肉』同學的來信。『夕姬、夜夜，早安！』」

「早安。」

「早安～『我有參加前陣子的聯合活動！真的玩得很開心。』」

「這麼說來，這個人之前有在信裡提過會去呢。」

「是之前說很期待見到姊姊們的聽眾吧。呃～『最讓我印象深刻的，是兩人聯手挑戰躲避球的部分。明明平常關係很差，當時卻表現得很有默契，真是太棒了』……哎呀，有這回事嗎？」

「應該沒有吧。是不是這個人記錯了？不然就是興奮過度產生幻覺了。」

「啊～我也覺得是這樣。大家總是很快就產生強烈的幻覺。『還有，我個人很喜歡夕姬講不出告白台詞的那一段。』」

「又是幻覺。有那樣的場面嗎？」

「這無疑是現實啊。就算想敷衍過去，妳笨拙的一面也早就被大家發現了。呃～『夕姬，妳當時到底說了什麼？（笑）』。看吧，開始被調侃了。」

「把這個人加入黑名單吧。」

「雞肉，你被加入黑名單了。真是短暫的交情呢。下次小心別再亂開玩笑惹人生氣了。我繼續唸你的遺言。『話說小櫻有提到要跟大家一起開慶功宴，如果之後真的有去，請務必分享宴會上的狀況。』」

「啊，我們也收到了不少類似內容的來信呢。說是如果真的有去慶功，希望能夠分享這方面的事情。」

「交給我吧。我會好好向大家報告。哎呀，真的要感謝姊姊呢。好期待四個人一起去吃燒肉。」

「其實慶功宴的日期已經決定了。我們確認彼此的行程後，發現最近剛好有一天大家都有空。所以應該很快就能跟大家報告。」

「乙女姊姊和柚日咲小姐都很忙，本來還擔心行程會喬不攏，幸好有適合的日子呢。」

「事情就是這樣。我們之後會去慶功，之後再向大家報告。」

夕陽與夜澄的
YUHI to YASUMI no KOUKOUSEI RADIO!
高中生廣播！

to be continued……

慶功宴當天。

約定的時間是晚上七點，由美子提早十分鐘抵達燒肉店「重重宴」。

太陽早已下山，街上充滿人造的燈光，路上的行人也很多。

大路上人聲鼎沸，「重重宴」就位於那條路附近。

一個女孩子獨自站在優雅地坐落在那裡的建築物面前。

雖然她戴著口罩，但由美子不可能認錯。

「小玖瑠。」

她一上前搭話，芽玖瑠就停止看手機，抬頭打招呼：

「喔。辛苦了。」

「辛苦了～」

即使摘下口罩，芽玖瑠還是板著一張臉。

由美子則是笑著揮手。

這讓芽玖瑠露出不滿的表情。

「小玖瑠，不用那麼生氣啦。最後提議一起吃飯的是姊姊。這樣妳就沒怨言了吧。」

「……我並沒有在生氣，只是有點緊張。」

芽玖瑠移開視線，軟弱地說道。

她看起來情緒低落，好像對聚餐沒什麼興致。

不過，由美子歪著脖子凝視她。

由上到下。

就連臉也仔細觀察。

「幹什麼？這樣很煩耶。」

「……沒什麼。只是覺得小玖瑠未免打扮得太認真了？」

由美子吐露出這樣的感想。

或許是今天去了美容院，芽玖瑠的頭髮打理得非常漂亮。

長度和造型都很完美。

妝也化得相當仔細，連細節都沒放過。

身上的服裝則是北歐風格的白色毛衣搭配黑色長裙，外面還套了件米色的無領大衣。

稚氣的外表配成熟的打扮，也相當適合她。

芽玖瑠害羞地摸著瀏海的樣子，像極了開心迎接聖誕約會的少女。

雖然由美子已經跟她見過好幾次面，但今天是她打扮得最認真的一次。

「根本是參加公開活動的等級……今天只是單純的慶功宴，沒有攝影機跟拍喔？咦，該不會其實有攝影機，只是我不知道而已？」

「才不是那樣呢……是因為小櫻會來。既然要見面，果然還是想用最漂亮的一面見她……」

「小玖瑠，妳是不是誤把這當成偶像見面會了？只是吃飯喔？我們接下來要吃燒肉喔？」

由美子忍不住吐槽後，被芽玖瑠瞪了一眼。

「妳自己還不是打扮得像要出席活動一樣。該不會今天其實有攝影機，只是我不知道而已？」

芽玖瑠的視線由上往下地打量著由美子。

實際上，由美子今天的打扮和以歌種夜澄的身分出現在大家面前時差不多。

她將頭髮燙直，化出漂亮的自然妝感。

上半身是毛茸茸的針織毛衣，下半身是格紋裙。

套在最外面的，則是當初一看就很喜歡，所以新買的淺粉紅色大衣。

整體來看，與平常的辣妹打扮可說是大相徑庭。

由美子攤開雙手，笑著回答：

「這是粉絲服務啦。因為小玖瑠今天會來。為了讓妳開心，才選擇了這種打扮。」

由美子一擺出想要聽到感想的樣子，芽玖瑠就扠著腰嘆了口氣。

哎呀，看起來好像不怎麼滿意呢。

由美子觀察芽玖瑠的反應，後者稍微垂下視線說道：

「……我很感謝妳的心意，但一想到夜夜就在眼前，會讓我很緊張。請別表現得太可愛。如果妳對自己的可愛缺乏自覺，我會很困擾。」

芽玖瑠紅著臉說道，聲音也愈變愈小。她堅持不肯和由美子對上視線。

……這個人是認真的嗎？

看來芽玖瑠不僅面對乙女時會緊張，就連面對歌種夜澄時也一樣。

由美子不自覺地用正常的方式回答：

「哎呀，開玩笑的啦。今天在經紀公司有攝影行程，所以我才配合行程打扮，並直接穿這樣過來。」

由美子坦白招認後，芽玖瑠露出鬆了口氣的表情。

然後，她輕輕拍了一下自己的臉頰。

「啊～這樣不行。跟妳在一起真的很容易亂了套。小櫻……櫻並木小姐等一下就來了，我得小心不要顯露出本性。看來我真的鬆懈了。」

芽玖瑠握緊雙手，鼓起幹勁。

感覺就連表情都跟著繃緊了。

那個樣子實在太可愛，讓由美子忍不住從後面將手放在她的肩膀上。

「不不不，我很高興能看見小玖瑠真實的一面喔。有種對我放下戒心的感覺。」

「吵死了，別叫我小玖瑠。我永遠都不可能對妳放下戒心。」

芽玖瑠煩躁地拍掉由美子的手，瞄了一眼手錶。

「歌種。預約的時間到了，我先進去了。」

她指著店面走了過去。

「身為後輩的我們居然讓小玖瑠預約，真是不好意思。」

「這沒什麼。我不想讓高中生預約，拜託櫻並木小姐也不太恰當吧。」

芽玖瑠一打開門，從外面就聞得到的肉香又變得更加強烈。

不愧是高價位的店，整體氣氛高雅又沉穩。

由美子忍不住環視周圍。

然後被芽玖瑠提醒「不要四處張望」。

芽玖瑠按了呼叫鈴，對過來這裡的店員報上名號。

「我姓藤井，我有預約晚上七點的位子。」

店員笑著帶兩人前往包廂。

「小玖瑠，原來妳姓藤井啊。真普通。」

「吵死了，妳還不是姓佐藤。」

「噯～妳底下的名字是什麼？」

「我絕對不告訴妳……比起這個。」

芽玖瑠慵懶地抬頭看向由美子。

「之前活動的時候我就在想，妳剛才說今天有攝影行程吧。妳現在不會再對外展露原本的模樣了嗎？」

所謂原本的模樣，應該是指平常的辣妹打扮吧。

直到前陣子為止，由美子就連以歌種夜澄的身分活動時，也打扮成辣妹。

這是為了鞏固目前的形象。

不過放棄強調形象後，她又變回周圍的人比較習慣和喜歡的原本打扮。

「嗯。就我個人來說，我覺得歌種夜澄還是這樣比較穩定。夕應該也一樣。」

由美子說完後，芽玖瑠重新看向前方。

「……這樣也沒什麼不好。雖然我不太清楚，但粉絲們一定也比較喜歡這樣。」

芽玖瑠以很難聽清楚的聲音如此說道。

由美子趁芽玖瑠沒看向這裡，露出像在說「妳就是這點可愛」的笑容。

兩人被帶到一個鋪了榻榻米的四人包廂，感覺可以悠閒地用餐。

由美子指著座位說道：

「小玖瑠，妳來決定座位吧。妳想坐哪裡？」

「啥？隨便怎麼坐都好吧。妳是會在意隔壁坐誰的類型嗎？唉，學生就是這樣。」

芽玖瑠傻眼似的笑著搖頭說道。

她算是說對了一半。由美子冷靜地回答：

「不，是小玖瑠會在意吧。因為乙女姊姊會來。妳比較喜歡她坐妳對面還是旁邊？」

芽玖瑠瞬間僵住。

然後突然一臉嚴肅地陷入沉思。

她將上半身往前傾，凝視著座位。

「的確。如果想一直看臉就要選正面……但還是坐旁邊靠得比較近……？到底哪邊才是正確答案……？不對，雖然兩邊都是正確答案，但哪一個比較……」

「小玖瑠。」

「等一下！再給我一點時間！」

芽玖瑠伸手打斷由美子。看來她或許說了多餘的話。

就在由美子心想應該會拖很久時……千佳開門進來了。

「……這什麼狀況？」

「妳覺得是什麼狀況？」

這個莫名其妙的狀況，讓千佳皺起眉頭。

結果芽玖瑠還是選擇坐在乙女旁邊。

對面是由美子。

千佳則是坐在由美子旁邊。

雖然已經過了集合時間，但乙女有事先聯絡，說會因為工作稍微遲到。

然後，因為等待時間變長，芽玖瑠又變得更緊張了。

「小玖瑠，妳冷靜一點。」

芽玖瑠用手指敲著桌面，視線游移不定，講的話也變得很敷衍。

看起來確實一點都不冷靜。

「明明才剛說過不會顯露出本性。」

「吵死了……活動開始前會緊張也很正常吧。這部分無論如何都無法壓抑。」

「說什麼活動開始，這樣很像演唱會開始前的御宅族耶。」

「就是那種感覺。因為座位是在最前排，所以當然會興奮啊。」

「可以別把旁邊的座位說成是最前排嗎？妳這個樣子，等姊姊來後真的沒問題嗎？」

由美子一指出這點，芽玖瑠就露出嚴肅的表情。

接著她用手遮住眼睛。

再附上一個大大的嘆息。

「唉……真的是很難控制。所以我才討厭這樣……一想到妳們已經知道我的本性，無論如何都會鬆懈。為什麼事情會變成這樣……」

這段充滿感慨的發言，讓人覺得她有點可憐。

芽玖瑠的本性曝光算是一場意外事故。

她一定很想隱瞞到底，現在也依然十分後悔。

……或許自己真的做了多餘的事情。

由美子凝視著芽玖瑠的臉。

這讓芽玖瑠的舉動逐漸變得奇怪，紅著臉伸手制止。

「等一下……一直看著我的臉會很難為情……妳的粉絲服務做得太過頭了……不需要連視線都放在我身上……」

「…………」

不，這不是粉絲服務。

真的是白擔心了。

至少芽玖瑠現在看起來很開心。

由美子知道她心裡懷抱著相反的感情，所以決定停止深入思考這件事……

「柚日咲小姐。」

就在兩人像這樣互動時，千佳開口了。

她一臉嚴肅地低下頭。

「謝謝妳當時過來幫我們。之前一直沒機會好好跟妳道謝。」

芽玖瑠露出驚訝的表情。

不過立刻就恢復成冷淡的表情。

她扶著臉頰，輕聲回答：

「這沒什麼。我沒做什麼值得感謝的事情。因為那並非出於柚日咲芽玖瑠的意志。」

「所以是藤井小姐的意志嘍？」

「沒錯。」

芽玖瑠乾脆地這樣回答由美子。

她沒有看向對方，自言自語似的說道：

「我作為一個粉絲的心情，跟當時在場的其他粉絲是一樣的。雖然有許多無法釋懷的部分，但還是希望妳們能繼續活動，不希望妳們放棄。正因為作為粉絲是這樣的心情，我很高興看到妳們繼續當聲優。」

芽玖瑠自暴自棄地做出肯定由美子她們的發言。

就在兩人因此鬆懈時，芽玖瑠又補了一句：「但是——」

然後瞪向千佳和由美子。

「作為聲優柚日咲芽玖瑠，我果然還是無法原諒妳們的行動，也不打算原諒。妳們可別忘了這一點。我今天也是為了工作而來。不會再有第二次了。」

芽玖瑠不悅地如此說道。

千佳盯著芽玖瑠，輕笑著說道：

「不用擔心。我也不想再來一次。要不是工作，我才不會來呢。」

「……我覺得夕暮還是表現得再可愛一點比較好。」

芽玖瑠像是發自內心感到傻眼般，看向千佳。

兩人這段輕鬆的對話，看起來似乎有些開心。

或許現在氣氛意外地不錯。

就在由美子這麼想時，一陣新來的風瞬間吹散了原本的氣氛。

「對不起！我遲到了。」

櫻並木乙女走進包廂。

她在附腰帶的針織連身裙上披了一件外套，頭上則是戴著一頂報童帽。

或許是因為用跑的過來，她即使仍在喘氣，臉上依然掛著笑容。

「哇，姊姊。放心吧，我們才剛到。」

由美子揮著雙手說道，乙女也開心地揮手回應。

由美子透過眼角察覺千佳低頭行了一禮。

不過這時候最令人在意的，還是芽玖瑠的反應。

她從剛才就表現得像是要（以觀眾身分）參加演唱會一樣緊張，當推崇的偶像出現在眼前時，她究竟會露出怎樣的表情呢？

如果是演唱會，通常會發出歡呼或尖叫……由美子想著這些事，看向芽玖瑠的臉。

「辛苦了。」

「…………」

芽玖瑠露出模範般的笑容，低頭致意。

……看來她已經進入工作模式。

切換的速度快得驚人。乙女也正常地回應。

搞什麼。真是無趣。本來以為她會更藏不住表情。

就在由美子看著兩人互相致意時，千佳用手肘頂了她一下。

「什麼事？」

「太明顯了。」

看來真正藏不住表情的是自己。

芽玖瑠趁乙女沒看見時瞪向這邊。

但乙女一坐到芽玖瑠旁邊，後者就繃緊了臉。

「嘿嘿，我坐小玖瑠旁邊啊。」

乙女笑著說道。

在極近距離下用那個笑容說出這種動聽的話，應該會讓芽玖瑠憋得很難受吧。不出所料，她整個人僵住了。

不過還是距離近一點比較開心吧。

儘管並非出於體貼，由美子仍遞出菜單。

「總之先點飲料吧。」

其他人各自點頭贊同。

因為菜單只有兩份，所以自然必須兩個人一起看。

「呃，該點什麼呢……小玖瑠打算點什麼？」

「這個嘛……！呃，那個……該、該點什麼呢……」

乙女為了看菜單而靠近芽玖瑠。

她的臉就在旁邊。

雖然芽玖瑠差點無法繼續維持表情，但依舊努力保持冷靜。

絲毫沒察覺其內心糾葛的乙女，笑著向芽玖瑠搭話：

「小玖瑠，妳喝酒嗎？明天沒問題嗎？」

「嗯……明天晚上才要工作，所以沒問題。要喝酒嗎？」

「喝吧喝吧。哇～好開心能和小玖瑠一起喝酒。妳要喝什麼？啤酒嗎？」

看見乙女興奮的樣子，覺得開心最重要的由美子也跟著放鬆表情。

另一方面，芽玖瑠看起來有點辛苦。

她正在以不會讓乙女起疑心的方式，努力拉開距離。

所以姿勢非常奇怪。感覺腰會很痛。

就在由美子覺得她簡直就像個青春期的男生時……從肩膀傳來一絲暖意。

千佳正緊貼著由美子的肩膀看菜單。

這邊的距離感則是與體貼無緣……雖然是沒什麼關係……

「？……？………？」

明明是貼在別人身上看菜單，千佳卻露出奇怪的表情。

由美子無奈地幫忙翻菜單。

「這一頁是酒精類。妳喝無酒精飲料吧。要喝哪一樣？」

「啊……呃……烏龍茶……」

「不點其他飲料嗎？這裡有很多種。」

「啊，真的耶……嗯……那我點汽水好了……」

「吃飯的時候喝碳酸飲料，肚子不會很脹嗎？我是無所謂啦。啊，也有純果汁。如果想讓嘴巴裡的味道清爽一點，就點這種……」

「……喂。」

就在由美子翻頁時，千佳發出不悅的聲音。

她用手抵著額頭，不滿地說道：

「不用特別照顧我。妳偶爾是不是會誤以為我還是個小孩子？」

用餐的時候，由美子確實是一直把她當成孩子對待。
不過如果坦白講出來，她一定會鬧彆扭。
「我沒那樣想，總之妳快決定要點什麼飲料吧。」
「…………」
由美子隨口敷衍後，千佳用凶暴的眼神瞪向這邊。
但她沒有繼續說下去，乖乖地挑選飲料。

「乾杯。」
等飲料送到，肉也接連上桌時，四人一起喊道。
四個杯子分開後，就各自被送到嘴邊。
「……啊～真好喝～下班後喝的酒真是太棒了……」
乙女放鬆地享用啤酒。
芽玖瑠喝著啤酒，努力不去看那稀有的表情。
由美子和千佳都是點純蘋果汁。
稍微休息過後，由美子將手伸向肉盤和夾子。
「好，來盡情烤肉吧。先從椒鹽牛舌開始烤好嗎？」

由美子熟練地將肉放到烤網上。

肉立刻滋滋作響，發出令人食指大動的聲音。

「啊，那我幫大家分沙拉。」

乙女開始準備盛沙拉。

芽玖瑠連忙阻止。

「啊，櫻並木小姐。不用了，我來就好。」

「咦？沒關係啦。我們是同期，不用那麼見外。比起這個，我很在意小玖瑠到現在都還對我用敬語。我希望妳能用對平輩的態度跟我說話呢～」

「……我之前也有說過，面對年紀比自己大的對象，我還是比較習慣說敬語啦。」

乙女雖然嘴上繼續抱怨，但還是開始替大家分沙拉。

覺得閒著不太好的千佳，拿起了筷子。

「佐藤。我也來幫忙烤。」

「不用了。別做多餘的事情。妳安靜坐著吧。」

「啥？什麼意思？妳是烤肉指揮官嗎？兩人一起烤也沒關係吧。」

「囉唆。我才不會讓打算用自己的筷子烤肉的傢伙做任何事。」

「真不巧啊。這雙筷子我還沒用過，所以是乾淨的。我還不至於連這種常識都沒有。」

「以我對妳的了解，妳之後一定會直接用夾過生肉的筷子吃烤肉吧。」

「？這有什麼問題嗎？」

「大笨蛋。」

「喂！妳說什麼？難道有規定不能這樣嗎？是所謂不成文的規定嗎？妳每次都動不動就想要展示優越感！」

由美子無視憤怒的千佳，迅速開始烤肉。

如果讓千佳亂來，再怎麼好烤的肉都會烤失敗。

難得能烤這麼好的肉，怎麼能夠被她妨礙。

「啊，小夕陽。小夜澄很會烤肉。如果她願意幫忙烤，還是交給她比較好喔。」

知道由美子對烤肉有多認真的乙女，像這樣幫忙緩頰。

既然乙女都這麼說了，千佳也只能停止爭論。

然後老實地重新坐下。

好奇芽玖瑠在做什麼的由美子，發現她正緊盯著分好的沙拉。

芽玖瑠的眼神閃耀到根本藏不住。

彷彿一不小心就會把「櫻並木乙女幫忙盛的沙拉」帶回家當擺飾。

「……小玖瑠，妳不吃沙拉嗎？」

「唔。我、我知道啦。當然要吃啊。」

芽玖瑠連忙紅著臉將沙拉放回桌上。

由美子在感到傻眼的同時，繼續確認肉的狀況。

「嗯。烤得差不多了。大家可以夾去吃了。」

由美子說完後，乙女就率先夾肉，之後千佳和芽玖瑠也跟著將肉夾到自己的盤子裡。

由美子也改拿筷子，夾起烤得剛剛好的椒鹽牛舌。

接著她拿起放在牛舌盤上的檸檬汁，加了一點在牛舌上面。

四人互望彼此，合掌喊道：

「「「「我開動了。」」」」

然後將椒鹽牛舌送進嘴裡。

首先在嘴裡擴散開的，是檸檬的酸味和淡淡的鹽味，這些味道立刻與肉的香味結合。讓熱騰騰的肉變得更加美味。牛舌的味道既清爽又高雅。每次咀嚼味道都會跟著擴散，帶給人一種幸福的感覺。

四人都露出享受的表情。

「……好。繼續烤下去吧。」

由美子原本打算等芽玖瑠從洗手間回來時，再接著去洗手間，但她一直沒有回來。覺得好像也不用特別錯開時間的由美子，起身離開座位。

「不好意思，我去一下洗手間。」

由美子說完後，便走出包廂。

她摸著肚子，穿過裝飾得十分典雅的走廊。

「哎呀……不愧是高價燒肉店，每種肉都很好吃呢。」

由美子吐露出這樣的感想。

她接連烤了各式各樣的肉，每一種都很美味。

「希望哪一天也能帶媽媽來這種店。」

她想起辛勤工作的母親。

然後在打開洗手間的門後，嚇了一跳。由美子曾在母親的店裡看過相同的景象。

一位女性在洗手台面前垂下頭。是芽玖瑠。

由美子連忙輕輕將手放在她的背上。

「小玖瑠，妳還好嗎？覺得不舒服嗎？有多不舒服？」

是喝太多了嗎？

不曉得她的酒量如何，還有醉到什麼程度。

由美子一看向芽玖瑠的臉，後者就以迷濛的眼神望向這邊。

「喔，是歌種啊……」

「咦……？妳沒有不舒服嗎？」

芽玖瑠的聲音和眼神意外地清醒，讓由美子大吃一驚。

她搖頭回答由美子的問題。

「不用擔心，我一點都沒醉……不如說醉不了。酒也喝不下去……」

雖然聽起來像是在胡言亂語，但看起來跟醉漢說自己沒醉的狀況不太一樣。

既然不是喝太多，為什麼會變成這樣？

就在由美子感到困惑時，芽玖瑠用力抓住她的兩側肩膀。

芽玖瑠以濕潤的眼神，加重手上的力道。

「小櫻離我好近……！好近啊……！妳能明白嗎？推崇的偶像就在自己身邊的可怕！腦袋一片空白！完全無法思考！再加上小櫻的神對應，我都快要瘋掉了……！喂，為什麼她這麼可愛……真的要迅速陷入戀愛了……！別鬧了，不要再讓我繼續著迷下去……因為，首先是便服！妳有看見那套便服嗎？非常適合她超棒的我第一次看見那套便服該不會是只在私人場合穿吧而且她坐到我旁邊時還露出閃耀的笑容害我立刻就被她擊沉了。」

「等等，不要說感想說得這麼快啦。」

看來不是酒，而是乙女讓芽玖瑠醉了。真是有夠煩。

自己身邊有個激動到講話變很快的人。

這種時候必須儘早打斷對方。

接著，芽玖瑠將身體靠在由美子身上。

「歌種……！我幸福到受不了了……就算今天就死掉也沒關係……今天就是我的忌日……只要這個美夢能持續下去，不管我會變得怎樣都無所謂……」

「有這麼誇張嗎？唉……妳開心就好。」

芽玖瑠的熱情讓由美子有些退避三舍，但她本人似乎很開心。

正在激動地品味著幸福的芽玖瑠，或許真的有點醉了。

她到現在還把臉埋在由美子身上，不肯放手。

該不會等一下就要哭了吧……

由美子在心裡如是想著，輕拍芽玖瑠的頭。

「唔！」

下一個瞬間，芽玖瑠迅速往後方跳。

「好痛！」

「喂，妳沒事吧？」

芽玖瑠用力撞上牆壁，然後按住自己的背。

由美子一準備上前關心，芽玖瑠就伸手制止。

她用手遮住嘴巴，滿臉通紅地說道：

「……不行，我果然喝醉了。那個，請不要太靠近我。如果我也開始在意起夜夜，真的就沒救了。我一定會變得不正常。」

「…………」

雖然早就變不正常了……

由美子看著形跡可疑的芽玖瑠，開始後悔自己今天沒有打扮成平常的樣子。

「……如果妳真的沒事，我就去上廁所嘍？」

「……嗯。我先回去。」

芽玖瑠慌張地離開洗手間。

「她那個樣子在姊姊面前居然還能裝得面不改色，真是厲害……」

由美子對芽玖瑠產生了不曉得該說是佩服還是傻眼的感想，迅速走進個人間。

就在好吃的肉已經吃得差不多，晚餐也大致結束的時候。

「不好意思。我明天從早上就有工作，今天就先告辭了。」

千佳說完後，從座位起身。

「櫻並木小姐，今天謝謝妳的招待。這裡的肉非常好吃。」

「嗯，辛苦了！我也很高興能和小夕陽一起吃飯～！」

「辛苦了。」

乙女笑著揮手，芽玖瑠也舉起手致意，千佳朝兩人低頭行了一個禮。

由美子抬頭看著這個景象，千佳則是不滿地俯瞰她。

「話先說在前頭。今天真的是工作。如果妳覺得我騙人，可以去跟成瀨小姐確認。」

「我可以跟成瀨小姐聯絡嗎？」

「笨蛋。」

千佳簡短地罵完後，就走出包廂。

千佳回去後，剩下三人也沒有解散，繼續閒聊。

乙女喝了酒後看起來很開心，芽玖瑠似乎也多少有點受到酒精影響。

她跟乙女講話時，有稍微放鬆一點。

……雖然這樣說不太好，但千佳先回去真是幫了大忙。

由美子一直在找機會問這兩個人一件事。

「不好意思，我有件事情想跟兩位商量……我可以問一下當演技遇到瓶頸時，妳們都是如何應對嗎？」

即使沒有刻意要認真，但或許是由美子的聲音聽起來很嚴肅。

芽玖瑠臉上的表情消失了。

乙女也露出驚訝的表情。

芽玖瑠盯著這邊，簡單問道：

「是Phantom？」

由美子點頭。

官方之前就已經公布歌種夜澄將演出「幻影機兵Phantom」的消息。

「是之前提過的進行得不太順利的錄音吧……？可是，小夜澄。妳不是說後來有改善了……」

乙女不安地問道。

由美子之前錄音失敗後，已經去找過乙女商量並獲得了建議。

不過，她今天想問的是更進一步的事情。

「嗯。雖然自己這樣講也有點怪，但已經比一開始好很多了。工作人員和其他聲優也有稱讚我。」

由美子回想起現場的氣氛。

重錄的次數減少，和其他聲優之間的氣氛也不錯。

當然她現在還是會緊張，儘管和森與大野沒什麼交流，但狀況還是好多了。

不過——

「……不過，就只是勉強還過得去而已。我的演技還沒達到工作人員們期待的水準。這我自己很清楚，音效指導也有跟我說過。必須再往上提升一個階段。而那道牆非常厚。所以我想知道該怎麼做，才能突破那道牆獲得完美的演技……」

由美子非常焦急。

除了加賀崎的協助以外，她也有在持續努力。

演技也隨著累積經驗逐漸變好。

但就算後來有做出成績，還是不夠。

一點都不夠。

該怎麼做才能填補這個不足？

「我認為自己——已經盡了全力——我一直在思考演技的事情——不管是練習——學習——還是其他的事情——」

「小夜澄？」

「————」

「歌種。」

「……啊。對不起。呃，所以我才希望兩位能給我一些建議。」

由美子不小心鑽起了牛角尖，直到被芽玖瑠提醒才回過神。

她露出苦笑，另外兩人則是互望了彼此一眼。

乙女困擾似的笑道：

「嗯……但我已經把知道的事情都告訴妳了……還有什麼……啊。可是，真要說起來……不對。對不起，我可能搞錯了。」

「咦，怎麼了，姊姊。如果妳有想到什麼，請妳告訴我。」

「嗯、嗯。可是，即使現在跟妳說這個也沒什麼意義……」

「就算是這樣也沒關係。如果姊姊有想到什麼，請妳告訴我。拜託了。」

乙女驚訝地眨了幾下眼睛。

兩人的臉異常靠近，由美子這才發現自己探出了身子。

她緩緩重新坐下。

「既然妳都這麼說了，我是可以告訴妳……我覺得小夜澄準備得還不夠。」

「準備？嗯……的確。通過試鏡後，沒過多久就開始錄音了……」

「不對，我是指平常的準備。小夜澄曾因為『沒演過那樣的角色』而感到不知所措吧。之前也不曾參加過那種角色的試鏡。不過，這種不安的嫩芽其實從平常就要開始摘除。」

乙女露出溫柔的笑容，緩緩繼續說道：

「因為無法預期未來會以什麼樣的形式接到那種工作。也可能會突然要扮演以前沒嘗試過的類型。即使在那之後才急忙開始練習，能做到的事情也有限。所以平常就得先預設幾種狀況，學習相對應的演技才行。我覺得妳在這方面有點太鬆懈了。」

「…………」

乙女輕鬆地說出讓由美子膽戰心驚的話。

她表示從平常就應該多思考工作的事情。

不管再怎麼忙碌，乙女一定都還是有抽出自己的時間磨練演技吧。

由美子確實欠缺這種態度。

「……唉，只要之後能好好活用這次的教訓就行了吧。先盡全力做現在能做的事情，等結束後再思考這方面的事情吧。這點也很重要呢。」

一直默默在旁邊聽的芽玖瑠開口緩頰。

乙女直到這時候才發現不對。

她慌張地接著說道：

「的、的確。對不起。我好像……有點說得太過分了。」

「不會。謝謝妳。我覺得姊姊說的沒錯。我自己也有所自覺，以後會好好注意。妳說的都是事實，所以一點也不過分。如果還有想到其他事，希望妳能繼續不吝指教。」

乙女和芽玖瑠都一臉驚訝。

兩人再次互望了一眼，然後不知為何笑了。

雖然不知道她們在笑什麼，但兩人立刻重新繃緊表情。

「我的話……」

兩人不愧是前輩，接下來說的話也涵蓋了許多方面。

由美子認真聽著這些珍貴的建議。

等她大致聽完後，芽玖瑠緩緩掏出手機。

「話說……」

芽玖瑠看著手機，以非常普通的語氣開口：

「夕暮也有跟妳一起錄音吧。妳有問過她的意見嗎？我覺得這才是最好的方法。」

芽玖瑠提出了一個出乎意料的意見。

「小玖瑠，這就有點……」

「咦，不行嗎？我是覺得沒什麼關係。」

乙女不知所措地交互看向芽玖瑠和由美子。

雖然無法理解是怎麼回事，

但芽玖瑠仍繼續提出自己的意見。

「我有看過演員名單，感覺夕暮的狀況跟妳最接近。妳們的演藝經歷和年齡都差不多。在錄廣播時也曾一起合作過。從她的角度來看，妳的演技究竟如何，又缺少了什麼。如果找她問相同的問題，她應該能分享她在現場感覺到的事情，我覺得那會很有參考價值。」

芽玖瑠滔滔不絕地說道。

這一定是她本人的經驗，而且也實際奏效過吧。

但乙女尷尬地露出困擾的表情，由美子也不知道自己現在究竟作何表情。

芽玖瑠一臉訝異地說道：

「……咦，這氣氛是怎麼回事？我說了什麼不妙的話嗎？」

就在由美子不曉得該怎麼回答時，乙女體貼地幫忙說明。

「那個啊，小玖瑠。該怎麼說才好……我覺得對小夜澄來說，小夕陽大概是那種……絕對不想輸的對手。也就是所謂的勁敵……向這樣的對象尋求建議……與其說是不好開口……不如說是根本辦不到吧……」

乙女慎選言詞，窺探著由美子的臉色如此說道。

芽玖瑠似乎還是無法釋懷，困惑地看向乙女。

「喔……是那樣嗎？」

「就是那樣……」

乙女閉上眼睛，輕輕點頭。

……可惡，總覺得莫名地難為情。

由美子知道自己的臉正在變得愈來愈紅。

她吞吞吐吐地開口：

「呃，並不是那樣……單純只是我不想向那傢伙請教……我一點也沒有將她視為勁敵，或是覺得不能輸給她……」

由美子的氣勢很自然地愈變愈弱。

為了蒙混過去，她向芽玖瑠提出一個疑問。

「話說，小玖瑠都沒有那樣的對象嗎？對了，例如夜祭小姐。妳們隸屬同一間經紀公司，又是同期，還一起主持廣播。都不會有不想輸給她的心情嗎？」

「芽玖瑠與花火的我們是同期，有事嗎？」的主持人，夜祭花火。

她和柚日咲芽玖瑠一樣隸屬於藍王冠，演藝經歷也相同。

這樣應該不可能不在意對方。

由美子基於這樣的想法提問，芽玖瑠雙手抱胸，歪著脖子回答：

「不想輸給花火……啊。我從來沒想過呢。不僅如此，我們還會互相給對方建議……唉，花火對我來說，已經是類似家人的存在了。」

芽玖瑠乾脆地如此說道。

看來她們原本就不是那種關係。

發現自己問錯對象的由美子，改問另一個問題。

「那妳有其他在意的對象嗎？讓妳覺得『就只有這個人，我絕對不想輸！』的對象。」

芽玖瑠露出嚴肅的表情。

她將手肘靠在桌上，蹙起眉頭。

「……這就是我這個人的缺點了。我從來不曾有過這種念頭。不僅如此，就連對試鏡都不曾產生過『我絕對要通過』的想法。講這種話好難為情啊。」

「咦，是這樣嗎？這又是為什麼？」

乙女一問，芽玖瑠的表情就變得更加尷尬。

她拿起玻璃杯，斷斷續續地說道：

「……因為我會覺得替作品配音的人，不一定非我不可。如果由其他人配音會更好，那不如就那樣安排。雖然我也希望能說自己才是最佳人選，但事實並非如此。」

……由美子覺得這很符合芽玖瑠的風格。

她平常的態度就是這樣。

芽玖瑠手上有許多正規廣播節目，許多特別節目也都會找她參加，她總是將節目放在第一位，「為了節目」發揮她的聊天力。

無論是在後台幫忙，還是扮演不起眼的角色，她對自己的立場都沒什麼執著。

節目最優先。

只要能炒熱氣氛，就算自己不起眼也沒關係。

無論是節目或粉絲，都對她這方面有很高的評價。

再加上她又是聲優粉絲。

比起自己演出，讓喜歡的聲優演出或許更能讓她感到高興。

芽玖瑠再次以嚴肅的表情，自言自語般的說道：

「這種缺乏企圖心的個性，也是我搶不到角色的原因。所以我目前正在努力改變自己的態度。」

這是芽玖瑠的優點，也是她的缺點。

她本人似乎也懷抱著各種煩惱。

然後，這次換芽玖瑠看著乙女的眼睛問道：

「……櫻並木小姐，妳有在意的對象嗎？我很想知道這件事。」

想知道的人究竟是柚日咲芽玖瑠，還是藤井小姐呢？

不過，由美子也很在意。

仔細想想，乙女從來沒提過類似的話題。

「嗯。我也想知道。從姊姊剛才的語氣判斷，應該是有那樣的對象吧。」

乙女露出有些困擾，同時又帶著一絲寂寞的笑容。

「有過喔。是我的同期，我們剛出道時競爭得可激烈了。我們雙方都覺得絕對不能輸給對方。那個人的演技真的從當時就很好。每次她拿到新角色，我都會很不甘心。然後就會想『我一定也要拿到』呢。」

乙女放下杯子，輕輕吐了口氣。

「以前我的演技遇到瓶頸時，也有前輩跟小玖瑠一樣建議我去徵詢她的意見。但我說什麼就是問不出口。明明一定能問到很有參考價值的意見，明明她的演技就比我好，但我還是……不對，或許就是因為這樣，我才問不出口。只有這點我無法妥協……」

乙女說這些話時，表情裡同時蘊含了懷念、喜悅和憂愁。

這讓由美子感到非常意外。

櫻並木乙女平常是個性格穩重，態度和藹，只要和她待在一起就會覺得被療癒的人物。

居然有人能讓她懷抱如此強烈的情緒。

不過，這也是理所當然。

不管是有不想輸的對象，還是無法對那樣的對象坦率。

「……那個，我可以問一下對方是誰嗎？」

「呵呵。祕密。」

面對芽玖瑠的提問，乙女笑著敷衍過去。

雖然在意對方的身分，但也不需要勉強逼問。

乙女沉默了一會兒，像是在緬懷過去般緩緩說道：

「有在意的對象很重要。我明白不想輸的念頭能夠帶給人力量。但與此同時，我也能明白小玖瑠想說什麼。因為在意彼此，就表示有在仔細觀察彼此。或許對方才是最了解自己的人。雖然我已經辦不到了——但如果小夜澄之後真的很困擾，或許可以再想起這件事情。」

她靜靜地說道。

不過，這是連乙女都辦不到的事情。

由美子試著想像自己向千佳求助的樣子，但她實在無法保持冷靜。

NOW ON AIR!! 第44回

「朝加小姐，還可以繼續嗎？那麼，下一封是化名『外角偏高』同學的來信。『兩位早安。這是我第一次寫信。我和兩位一樣是高中二年級的學生。我參加棒球社，但直到三年級的學長引退後，才被選為先發選手。』」

「喔～這樣也很好吧。」

「『只是比賽時總是無法表現得很好。我明明比別人多努力一倍，比賽時卻總是給隊友添麻煩。我一直都被周圍的人安慰，也經常感到沮喪。但最近得知兩位跟我一樣是高中二年級生。』」

「嗯。」

「『年紀跟我一樣的兩位，在厲害的地方努力的身影給了我勇氣。我很尊敬妳們，所以想問妳們在工作上遭遇挫折時，都是怎麼克服的？』」

「……………」

「夜？」

「啊，抱歉。不小心想了很多事情……呃，首先，我並不是什麼值得尊敬的人。我跟『外角偏高』同學一樣，也會因為自己實力不足而感到煩惱和沮喪，總是會磨磨蹭蹭地想著明明其他人都很厲害，為什麼我就辦不到呢？」

「……………」

「而我現在就在一個很困難的現場工作，一開始真的是慘兮兮，一點都不順利。我很不甘心，一直責備自己為什麼辦不到，但這對事情沒有幫助。」

「……………」

「因為自己的緣故給周圍的人帶來麻煩，真的很難受呃。我知道那樣很辛苦。我也總是給周圍的人添麻煩……雖然大家說我現在有改善了……不過還是……完全不行呢……」

「…………」

「我自己也無法接受。演技到現在還無法達到目標的水準。當然我有在努力。所以不知道自己還能做什麼，只能持續掙扎，但最後還是無法達到水準……我一直在思考自己到底是哪裡不行……但還是不知道答案……」

「…………」

「真的——到底該怎麼辦——才好——我一直在思考——不過——啊，抱歉。一個不小心就講得好長。呃，你的問題是要怎麼克服吧……抱歉，坦白講我也不知道。不如說我還希望有人能教我……呃，夕呢？妳有什麼建議？」

「…………嗯，這個嘛。我——」

夕陽與
夜澄的
YUHI to YASUMI no KOUKOUSEI RADIO!
高中生
廣播！

to be continued……

由美子在「幻影機兵Phantom」中飾演的白百合・梅伊，會在故事進展到一半時死亡。

白百合在明白無論自己怎麼做都無法贏過櫻庭初音後，決定賭命和她進行一對一的對決。

直到這場戰鬥，白百合才首次將自己對櫻庭懷抱的感情付諸言語。

這一集，對白百合來說真的是非常重要的一集。

然後——對歌種夜澄也一樣。

「…………」

由美子在床上看著劇本。

那是白百合最後一次登場的劇本。

她很早就收到了這個劇本。

「這集真的是很重要的一集。我相信妳發自靈魂的演技。」

導演和音效指導都這麼對她說。

言外之意，就是「目前的演技還不夠好」。

由美子收下這個劇本，不對，從收到這個劇本前就一直在思考。

該怎麼做才能讓演技進步到需要的水準。

該怎麼做才能突破這面已經衝撞了好幾次，卻依然文風不動的高牆。

由美子一直在煩惱。

但還是找不出答案。

「由美子？今天不用錄音嗎～？」

「咦？啊，糟糕。謝謝妳，媽媽。」

母親的呼喚，讓由美子連忙從床上起身。

在做好準備和思考了一些事情後，不知不覺就到了出門的時間。

儘管由美子有將劇本放進包包，但其實今天用不到。

今天要錄的是白百合死去的——前一集。

由美子今天也勉強完成錄音，在麥克風前面鬆了口氣。

「辛苦了。」

幾名聲優互相道別後，就一個接一個離開錄音間。

長達幾個小時的錄音行程結束後，演員們內心都充滿了疲憊感和解放感。

「歌種同學，辛苦妳了。下次錄音就是最後了吧？我會感到寂寞呢。」

「小夜澄下一集要好好努力喔。再見，辛苦了～」

其他演員像這樣跟由美子搭話，她也平靜地回應。
由美子跟在那些人的後面，輕輕嘆了口氣。
今天也順利錄完了。
沒問題，自己有好好發揮演技。
……儘管演技還稱不上完美，但重錄的次數也減少了。
下次就是最後了。
在那之前必須盡可能提高完成度，努力讓演技接近完美。
就在由美子如此下定決心時。
「歌種同學。」
一道宛如風鈴般悅耳的聲音傳入耳裡。
由美子一時沒察覺對方是在叫自己，就這樣原地愣住。
「歌種同學。」
直到對方又喊了一次，她才連忙轉身。
然後發現自己憧憬的泡沫美少女聲優——森香織就站在那裡。
「啊——森、森小姐。請問有什麼事嗎？」
由美子回答得結結巴巴。
因為森之前從來不曾主動跟她攀談。

究竟是有什麼事呢？

森用深邃到宛如能將人吸進去的眼睛，盯著這邊看。

就在由美子緊張地等待對方回應時，森稍微歪了一下脖子問道：

「歌種同學，妳之前有演過主角嗎？」

「咦……？不，沒有呢。」

「那有錄過主要角色是由自己飾演的集數嗎？」

「呃，那個……就是所謂的〇〇角色專屬集吧。我在出道作有錄過一次。」

「這樣啊。」

森靜靜點頭。

從她的聲音和表情，完全感覺不到一絲感情。

這個問題到底有什麼意義……？由美子試著窺探森的表情，後者緩緩將視線移向錄音間。

「下一集的故事是以白百合為中心。我想妳應該知道，白百合就是那一集的主角。妳就是主角。主要角色不是櫻庭，而是白百合。」

「…………？」

確實如此，不過那又怎麼樣？

下次要錄的集數，是白百合和櫻庭做出了斷的集數。

就算說白百合才是主要角色也不為過。

不過，這是之前就知道的事情。

就在由美子因為不明白森的意圖而感到困惑時，森微微一笑。

「——主角既不是夕暮夕陽，也不是我或大野，而是妳喔。就算有其他當了幾十年聲優的人和演技很好的人在，下一集的主角還是妳。妳明白這代表什麼意義嗎？」

「——咦？」

「下一集故事的品質，取決於妳的演技。如果妳的技術不夠好，整體的品質就會下降。擔任主要角色，就代表要負起責任。妳必須好好記住這一點。」

森靜靜地以平淡的語氣說道。

由美子聽完後便僵在原地，森輕輕拍了一下她的肩膀，走出錄音間。

「我很期待妳下星期的演技。」

然後留下這句宛如詛咒的話。

「…………」

她為什麼要像這樣對自己施壓？

不對，這應該算是忠告吧？

「因為是主角，所以別演得太難看」的忠告。

或是「妳應該明白吧」的警告。

「…………………」

由美子的心跳加快。不安替她的視野蒙上一層陰霾。

她目前正遭遇瓶頸的事情被看穿了。

看在森的眼裡，由美子的演技應該還不足以勝任下一集的錄音吧。

「……不，一定沒問題。我知道。而且也做好了覺悟。」

她不斷說服自己別感到不安。不可以畏縮。

她一直都在為最後一次登場做準備。

能做的事情都做了。已經沒有其他能做的事情了。

剩下就是繼續努力到最後，祈禱自己能夠突破那面牆壁。

由美子懷著這樣的想法走出錄音間，發現杉下正一臉嚴肅地待在控制室裡。

「……森小姐也真是令人困擾。她好像給了妳不少壓力，妳還好嗎？」

「啊，是的。只是有點嚇一跳。」

由美子苦笑著說道，杉下也跟著露出同樣的笑容。

他用手托著下巴，確認似的說道：

「不過，森小姐說的沒錯。下一集真的是很重要的一集。視妳的演技而定，或許不只是下一集，還會影響Phantom整部作品的品質……不過如果因為壓力太大感到畏縮就沒意義了。難得扮演主要角色，希望妳能帶著愉快的心情去錄。期待妳的表現喔。」

「好的。」

由美子堅定地回答。

之前就有說過下一集很重要。由美子本人也十分清楚。

剩下就是在下次錄音前的一個星期內，盡全力做準備。

然後，全都在下次錄音時發揮出來。

一星期轉眼就過了。

由美子這個星期和之前一樣，甚至比之前還要努力度過。

即使有加賀崎提醒，她這星期仍比平常還要心不在焉。

由美子這星期都在思考白百合的事情。

除此之外的事情，坦白講她都不太記得了。

至今不斷反覆閱讀劇本，唸出聲音，再連繫起來的影像都存在腦海裡。

她回想起前輩聲優和導演對自己說過的話，並一直將這些話銘記在心。

幸好她不太會忘記別人對自己說過的話。

雖然加賀崎偶爾會說「由美子，妳明天禁止練習，去和朋友出去玩吧」。

不過自己堅持到底了。

等錄音的日子再次來臨時，她已經能在心裡這麼想了。

由美子一如往常地走進錄音室，看著一如往常的錄音景象。

後製錄音前的演技指導，也沒有特別下達什麼指示。

不過這單純是因為她至今已經聽過好幾次了。

事到如今她該知道的事情，導演們也都不需要再特別強調了。

然後，終於輪到由美子在「幻影機兵Phantom」這部作品中最後一次的錄音。

這天，第一個場景——就是由重錄開始。

「——歌種同學，請再多放點感情。聲音的語調不用改變，但希望能多放點感情進去。」

「好的。」

控制室傳來指示，由美子在麥克風前面回答。

雖然她一開始就出師不利，但並不感到焦急。

她之前就重錄過了。

而且今天這集很重要，要多重錄幾次也無可奈何。

儘管讓其他人等很不好意思，但應該不至於變得像第一次錄音時那樣。

不用擔心。不用擔心。自己不是做了許多努力嗎？

由美子用這樣的想法鞏固自己的內心，但周圍的氣氛逐漸改變。

變得陰暗又沉重。周圍逐漸瀰漫著危險的氣氛。

覺得呼吸困難的由美子，用手摸了一下脖子。但上面沒有綁任何東西。

好奇怪，太奇怪了。她邊想邊繼續在麥克風前面演出。

然後，在反覆被要求重錄的期間。

她總算察覺自己是因為焦急和不安才感到呼吸困難。

不對，等一下。不用擔心，冷靜一點。

只要遵從杉下的指示，遲早會結束。

應該能在最後的最後展現出優秀的演技。

只要將至今累積的一切都發揮出來，自然能得到成果。

正因為她這麼認為，在聽見杉下這麼說時，腦袋才會變得一片空白。

「——不好意思。請歌種同學暫時退出，先錄其他人的部分吧。」

「咦？」

杉下和神代從剛才開始就一直在控制室內討論。

最後討論出的結果，似乎就是以進度為優先……

他們判斷即使繼續讓由美子演下去，也不會有結果。

由美子沒有發揮出他們想要的演技。

被要求暫時退出錄音後，由美子茫然地坐在位子上。

明明是以白百合為主的場景，卻在由美子退出的情況下錄音。

——此時，不安一口氣湧上心頭。

「……啊。」

她一直不去看。

一直刻意移開視線。

到底是從什麼時候開始的。

自己已經盡了全力。能做的都做了。使盡渾身解數。

不過在這個重視結果的世界，只能得到「那又怎樣」的結論。

突破自己的瓶頸，讓演技達到導演們要求的水準。

這才是原本的目標，結果自己卻在不知不覺間，改用「只要全力以赴一定會有辦法」的想法蒙蔽自己。

怎麼會這樣？

頭好暈，呼吸困難，宛如被困在一個狹窄的地方。

無計可施——已經無計可施了吧。

明明是這麼重要的一集，結果自己居然只展現出不成熟的演技。

由美子忍耐著想要放聲大叫的恐懼，繼續錄音。

不過，之後也只是在重複相同的事情。

她不斷被要求重錄，控制室在沉默了一段時間後——

「……不好意思。請歌種同學先暫時退出吧。」

下達了讓其他聲優先錄的指示。

然後，由美子只能在一旁看著。

結果當天的錄音不僅進展得很不順利，還在毫無進展的情況下結束了。

不過，即使所有場景都錄完了，大家還是沒有立刻解散。

「不好意思，方便打擾各位一下嗎？」

神代和杉下說著這句話，走進錄音間。

杉下環視演員們，難得以激動的語氣說道：

「首先，要請歌種同學留下。然後，希望其他人也能盡可能留下來。基於行程上的考量，我們剛才做出了無奈的決定，但其實我們希望能夠迴避白百合的場景獨立錄音的狀況。這集是特別重要的一集。可以麻煩各位幫忙嗎？」

他說了這樣的話。

一旁的神代也低下頭，說出相同的話。

由美子瞬間覺得自己的內心要被壓垮了。

她不僅害錄音進展得不順利，還害其他人被導演拜託留下來。

這集就是如此重要的一集。

然而，卻快要被她搞砸了。

過於沉重的壓力讓由美子握緊雙手，但最後還是止不住顫抖。

接著，其他聲優拍了一下由美子的腦袋。

「幹嘛露出這麼害怕的表情。既然小夜澄這麼努力，那我也來奉陪吧。導演，我願意留下來。」

她率先開口後，其他幾位聲優也跟著說道：

「都被妳們兩位拜託了，我怎麼能夠拒絕呢。好啊，就來錄吧。」

「只能留到下一場錄音為止喔～？唉，真拿妳們沒辦法～」

「唉，這也無可奈何。畢竟是很難的場景。」

他們接連做好了繼續留下的準備。

千佳也在隔了一段距離的地方待命。

大野和森什麼都沒說，但似乎也願意留下來。

由美子內心感動不已，差點因為和剛才不同的理由哭出來。

她連忙低頭向其他人道謝。

然而——

這股溫暖的心情，立刻被塗上一層漆黑的色彩。

「啊……抱歉，我的時間也到了。先走一步嘍。大家加油。」

又一個人離開了錄音間。

繼續留在這裡之後，又過了多長的時間呢。

就連一開始還很熱鬧的錄音間裡，也隨著人數逐漸減少變得冷清。

因為無法忍受錄音間逐漸變得愈來愈寬敞，由美子完全不敢看向螢幕和劇本以外的地方。

最後一次看控制室時，杉下和神代正一臉凝重地和其他工作人員討論。

由美子拚命演出，被要求重錄，然後再次演出，不斷循環這樣的過程。

愧疚和著急等各種感情，持續在心裡累積。

頭好暈。

一直覺得呼吸困難。

「喔，看來我也到極限了。不好意思，先走一步了。」

大野看著手錶，爽朗地說道。

畢竟是神代動畫，大部分的聲優都很忙，願意留下的人也在表示「我接下來還有行程……」後接連離開。

「其實我本來想陪妳到最後……」

每當聽見別人過意不去地這麼說，由美子就會再次感到愧疚。

這樣的狀況不斷重複。

由美子向大野道謝和道歉後，對方將手搭在她的肩膀上。

大野面朝前方，在由美子耳邊說道：

「我說歌種啊。我和妳都是職業聲優。既然是職業的，就不能對別人說『辦不到』。我在這個業界也算是待了很久，非常清楚不認真工作的傢伙會有什麼下場。明白嗎？要一直持續下去。做好覺悟吧。妳正站在關鍵的地方。」

最後拍了拍由美子的背後，大野就離開了。

她似乎去控制室和杉下他們說了些什麼。

大野的話在腦中迴響，總覺得力氣不斷從身體裡流失。

身體沉重得不得了。感覺隨時都會倒下。

即使如此，還是只能繼續前進。

大野說的是事實。這不是說句「我努力過了但還是不行」就能解決的事情。

伴隨著難以言喻的恐懼，由美子繼續留下來進行後製錄音。

她重新讓杉下指導演技，按照指示演出。

……但結果還是一樣。

她不斷重錄。

一次又一次地重錄。

但還是沒什麼效果，後製錄音一直沒有進展。

周圍的人都盡心盡力地幫忙。

剩下的聲優偶爾會鼓勵她，杉下也細心地進行指導。

無法回報他們真的讓人非常難受。好不甘心。

然後，又一位聲優的時間到了。

最後只剩下由美子和千佳兩人。

「……夕暮同學接下來還有空嗎？」

杉下一問，千佳就若無其事地回答。

「我的工作不像其他人那麼多，所以沒問題。」

這個回答，讓杉下忍不住笑了。

「原來如此。不對，夕暮同學願意留下來，真的是非常感激。」

說完後，他就回到控制室。

的確，作為主角的櫻庭在與不在，可說是完全不同。

由美子坦率地覺得感激。

但她絕對說不出口。

千佳站在她旁邊。

少女完全沒看這邊，專注盯著前方的螢幕。

她說接下來沒有工作。所以才留下來。

雖然夕暮夕陽以前非常忙碌，但因為陪睡嫌疑的事件，現在工作大為減少。

她對現狀充滿不安，體驗到沾滿泥巴的感覺。

由美子得知這件事時，在心裡想著「這就是我平常待的地方。妳終於明白這種心情了嗎？」——她當時心裡懷抱著這種陰暗的感情。

同時也產生了同伴意識。

不過——實際上完全不同。

自己不斷給周圍的人添麻煩，持續在毫無進展的錄音現場掙扎。

千佳則是扮演作品的主角，威風凜凜地站在這裡。

這陰暗的現實重重壓在由美子的肩膀上。

留下來繼續錄音到一半時，由美子發現控制室似乎掀起了一陣騷動。

直到杉下一臉困擾地走進來後，她才知道原因。

「兩位，不好意思。時間到了。今天就錄到這裡。歌種同學的行程已經先定下來了，明天會另外進行錄音。」

由美子本來想回應，但發不出聲音。

千佳先一步開口：

「原來如此。那我先告辭了。辛苦了。」

「辛苦了。不好意思讓妳多留了這麼久。非常感謝。」

千佳若無其事地離開錄音間。

明明也必須向她道謝，由美子卻什麼話都說不出口。

她呆站在原地時，杉下嘆了口氣。

「不好意思一直勉強妳。但我們也不想妥協。妳的演技會決定這一集的命運。白百合是主角，替白百合注入聲音的是妳。我無論如何都不想用現在的演技妥協。希望妳能諒解。」

「好的。」

儘管如此回應，但自己真的明白嗎？

雖然由美子後來又得到了許多建議，但她不曉得自己是否能活用這些意見。

等回過神時，她已經有氣無力地走在走廊上。

或許是其他錄音行程都結束了，走廊上十分安靜。完全感覺不到別人的氣息。

在冰冷的空氣中，只能聽見自己的腳步聲。

由美子想起第一次錄音時的事情，但這次的狀況遠比當時還要糟糕。

她覺得自己今天錄音時已經竭盡了全力。

使出了渾身解數。

……結果卻是這個樣子。

她努力到可以說「都做到這個地步了，如果還是不行也無可奈何」的程度——結果真的是無可奈何。

「怎麼辦……」

該怎麼辦才好。

下次錄音是明天早上。

儘管獲得了一點時間，但她不覺得幾個小時就能讓自己的演技突飛猛進。

牆壁還是一樣阻擋在她面前。

不管撞上去幾次，最後還是無法突破。

杉下希望由美子回去能繼續反芻今天指導的演技，提高完成度。

她對這個指示本身沒有異議。

但這樣真的就能改善狀況嗎……？

「還是聯絡加賀崎小姐……可是……」

由美子也有考慮向加賀崎求助。

不過到今天為止，她已經和加賀崎一起調整了好幾次。

雖然今天沒辦法來，但加賀崎一直都有盡可能參與錄音。

由美子事先做足了準備，今天也是在萬全狀態下前來錄音。

……只是依然達不到需要的水準。

她不認為繼續做一樣的事情能夠解決問題。

當然由美子還是會聯絡加賀崎，既然她的行程先定下來了，表示加賀崎已經知道了這件事。

不過她現在實在沒心情和加賀崎講話。

由美子很怕在毫無對策的情況下回去，於是在大廳找了張長椅坐下。

周圍沒有其他人影，就連自動販賣機的燈光都顯得刺眼。

這裡非常安靜，聽不見任何聲音。

由美子像是想要逃避現實般摀住臉。

感覺就像在一片漆黑中伸出手找路。

由美子不知道自己維持這個樣子多久了。

直到某人在她旁邊放了一樣東西，她才抬起頭。

「這是還妳之前的人情。」

是千佳。

她正低頭看向這裡。

由美子本來想問她不是回家了，但發不出聲音。

千佳手上拿著一個罐裝飲料。

是熱奶昔。仔細一看，放在自己旁邊的也一樣是奶昔。

以前由美子曾在演唱會結束後，給了沮喪的千佳一瓶水。

她想起千佳當時曾說過「這種時候想喝甜的飲料」。

如果是平常，她或許會笑著說「妳又買這種很甜的東西」。

千佳默不作聲地在隔了一段距離的地方坐下。

然後開始小口小口地喝起了奶昔。

等她喝完奶昔後，又過了一段時間。

「我還記得妳當時說的話。」

千佳開口說道。

「————」

千佳說的是讓她欠下「之前的人情」時的事情。

當時乙女因故無法出席演唱會，兩人因為無法徹底炒熱氣氛，感到非常不甘心。

由美子當時是這麼說的。

『真想成為像乙女姊姊那樣厲害的聲優呢……不，要比姊姊更厲害。』

『總有一天……要不斷努力又努力，在很多方面都變得非——常出色……然後超越乙女姊姊吧。下次一定要成功。』

總有一天，要成為超越櫻並木乙女的聲優。

千佳說，她還記得由美子曾訴說過那樣的夢想。

即使是在這個狀況下。

即使她已經看過由美子如此難堪的樣子。

千佳沒等由美子回應，就直接起身。

如果不說點什麼，她應該會直接離開吧。

由美子看著她的背影，這次腦中換響起芽玖瑠和乙女的聲音。

『我有看過演員名單，感覺夕暮的狀況跟妳最接近。妳們的演藝經歷和年齡都差不多。在錄廣播時也曾一起合作過。從她的角度來看，妳的演技究竟如何，又缺少了什麼。如果找她問相同的問題，她應該能分享她在現場感覺到的事情，我覺得那會很有參考價值。』

『有在意的對象很重要。我明白不想輸的念頭能夠帶給人力量。但與此同時，我也能明白小玖瑠想說什麼。因為在意彼此，就表示有在仔細觀察彼此。或許對方才是最了解自己的人。雖然我已經辦不到了——但如果小夜澄之後真的很困擾，或許可以再想起這件事情。』

向千佳求助。

光是想像就覺得內心開始騷動，產生令人難以置信的抗拒感。血液像是要沸騰一樣。

實在無法保持冷靜。

不對。這樣是錯的。不該向千佳求助。

不想輸，怎麼能輸給她，絕對不要輸給她。

這個想法是由憧憬、嫉妒和其他各種感情交織而成，光是意識到這點就能產生力量。

對歌種夜澄來說，夕暮夕陽就是那樣的存在。

如果千佳陷入相同的狀況，她也一定不會向由美子求助。

為了能夠繼續當彼此的競爭對手，這麼做是有必要的。

這是類似自尊的東西。

——不過。

不過。

「渡邊。」

由美子站了起來。

在猶豫之前，她已經向千佳低頭了。

「我想借用妳——借用夕暮夕陽的力量。我到底缺少了什麼，為什麼無法順利配音？如果是妳，一定對我的演技有一套自己的看法吧。我想聽聽妳這個同樣是聲優，並在同一個現場工作過的人的意見。請妳幫助我。」

由美子看著地板，全心全意地問道。

其實她一點都不想這麼做。甚至覺得不應該這麼做。

不過，她的實力還不足以維護自己的自尊。

現在必須不惜一切代價，老實地追求結果。

就算會破壞與千佳之間的關係也一樣。

她必須完成在這個現場的工作才行。

「────────」

可以感覺到千佳倒抽了一口氣。

然後，她以不帶感情的聲音說道：

「……我做不到這種事。假如我們的立場顛倒過來，我就算撕破嘴也不會向妳徵求意見。絕對辦不到。」

因為聲音裡不帶感情，由美子無法得知千佳現在是什麼表情。

不管是輕蔑。

還是厭惡。

由美子都覺得是無可奈何的事情。

然而，接下來傳來的聲音卻不屬於上述的任何一個。

「……好不甘心……」

千佳如此說道。

由美子忍不住抬起頭。

千佳用手背摀著嘴巴，像是快哭出來般別開視線。

她滿臉通紅，眼神裡充滿了不甘心。

甚至還不悅地咬緊嘴唇。

「我辦不到……即使是為了演技，我也無法做到這麼真摯……我、我明明！從來不曾對演技妥協過！不過，這是！即使妳能做到，我也絕對做不到的事情……！」

光是想像，就覺得胃裡好像被人翻攪過一樣。

而且不只有現在，那種感覺以後一定也會一直持續下去。

千佳無法接受這種事。

不過，那只是因為……

「只是因為妳沒必要這麼做吧。」

「這不是重點……重點是被逼入絕境時，能不能認真到做出這樣的選擇。」

千佳狠狠瞪向這邊。

然後，她非常不甘心地繼續說道：

「我真的很討厭妳這種地方……」

她的語氣聽起來，彷彿她才是被逼入絕境的一方。

明明由美子這邊才比較想哭。

過了一段時間後。

千佳深深嘆了口氣。

雖然她就這樣陷入沉默，但最後還是死心似的搖頭。

她攤開自己的手掌，靜靜開口：

「看在妳剛才表現出來的勇氣，我這次就坦白告訴妳。」

她先做出這樣的開場白，然後沒有看向這邊直接說道：

「我自從和妳一起主持廣播後，就一直在注意歌種夜澄。因為我不想輸給妳。我一直在聽妳的演技和看妳的演技。我可以很肯定地說，即使把導演和所有聲優都一起列進來，我也是那個現場最了解妳演技的人。」

千佳說到這裡，稍微停頓了一下。

她將臉轉過來。

然後筆直地看向這邊，用堅定的聲音繼續說道：

「歌種夜澄，我就幫妳一次吧。」

「——關於佐藤的演技，有個地方一直讓我很在意。」

千佳在由美子面前坐下後，開口說道。

這裡是由美子的房間。

向千佳求助後，由美子就直接把她一起帶回家了。

千佳住的公寓離錄音室比較近。

不過由美子家是透天厝，比較不怕吵到別人。

千佳今天預定直接住下來。

她似乎願意一直奉陪到明天。

簡單吃完晚餐後，一切準備就緒。

兩人將劇本放在中間，像是在互相瞪視般開始討論。

「妳在意的地方是哪裡？」

「妳太不會應付周圍的人。所以才會被老手的氣勢影響。」

千佳淡淡說出的內容，讓由美子困惑不已。

加賀崎以前也曾對她說過類似的話。

所以由美子有意識到這點，並努力改變想法。

即使回顧過去的狀況，她也覺得自己有做出成果。

因此在認真思考過後，她提出反駁。

「不，我覺得……沒這回事。為了不在氣勢上輸給老手，我一直都是抱持著絕對不能輸的心情去挑戰。」

「看吧，妳完全搞錯了。」

千佳立刻嘆了口氣，否定由美子的說法。

這實在是讓人有點生氣。由美子嘟起嘴唇，瞪向千佳：

「哪裡錯了？」

「不是絕對不能輸。妳該展現給他們看的，是『看吧，這就是我的演技，認輸了吧』的態度。」

這個出乎意料的回答，讓由美子陷入困惑。

明明沒有被其他人聽見，她還是忍不住擔心起「萬一剛才的話被別人聽見怎麼辦」。

因此她反射性地用驚慌失措的語氣回應：

「不不不，等一下。妳以為我們的演藝經歷跟他們差了多少？光是想著『絕對不能輸』就已經很厚臉皮了……」

「我啊，就是抱著這樣的想法在演戲。」

千佳乾脆地說道，讓由美子啞口無言。

她用銳利的眼神看向這邊，繼續以堅定的聲音說道：

「演藝經歷算什麼。那種東西和演技一點關係也沒有。根本不需要去想。那些人和我們

之間確實有面很高的牆壁。這我很清楚。不過既然其他方面已經輸了，至少氣勢上不能輸。如果不抱持著要撲上去咬人的心態，絕對會被他們的氣勢壓垮。」

「————」

這段過於直率的言論，打動了由美子的內心。

為什麼之前都忘了呢。

夕暮夕陽是主角。

她身上背負著遠比由美子還要沉重的壓力。

在那群老手當中飾演主角的壓力究竟是多麼沉重。

不過，她依然推開那些壓力，站在麥克風前面。

正因為這些話是從她的嘴裡說出來，才特別有說服力。

可惡。

明明是這種時候。

由美子還是忍不住覺得夕暮夕陽果然很帥。

「——我知道了。明天就這樣演吧。不管是面對其他老手——還是面對妳的時候。我都會讓你們見識到我的演技。」

或許是從由美子的語氣聽出自己的心情已經傳達到了。

千佳的表情稍微軟化了一點。

不過她立刻又變得陰沉，不悅地看向劇本。

「……可以的話，本來是希望能在有老手在的時候再讓大家見識一下的。不過既然之後要另外錄音……也不能過於奢求。」

千佳自言自語似的嘟囔著，然後準備進入下一個步驟。

這次她換露出惡作劇般的表情。

「我就告訴容易受到老手的壓力影響的妳一件好事吧。」

「…………」

由美子有股不好的預感。

每當千佳用這種方式說話時，通常都不會有什麼好事。

「妳之前第一天就惹大野小姐生氣了吧。」

看吧，果然是這樣。

居然讓人想起討厭的事情。

由美子自然露出不悅的表情。

大野和由美子隸屬於不同經紀公司，所以當然是基於善意才會像那樣提醒她。這點絕對不能忘記。

不過，自己的表現居然差到連平常不太表示意見的大野都看不下去。

這件事實重重壓在由美子的心上。

千佳像是在嘲弄由美子般，笑著說道：

「別露出那麼不開心的表情。據說大野小姐平常可是不會提醒後輩的。」

「我知道。我有聽說。」

「妳知道為什麼嗎？」

「唉……？難道不是因為平常沒有後輩的表現會糟糕到讓她想要提醒嗎？」

千佳搖頭否定由美子的說法。

「並不是這樣。是因為不想白費力氣。即使提醒不曉得會不會繼續待在這個業界的聲優，一旦對方放棄就會變成白費力氣——所以，大野小姐只會提醒她覺得能在這個業界留下來的人。」

「——咦？」

由美子忍不住緊盯著千佳。

她認真地緩緩點頭說道：

「我以前聽爸爸說過。爸爸曾經問過大野小姐。為什麼她以前明明經常指導後輩，現在卻很少這麼做。大野小姐當時回答『即使指導不曉得會不會留下來的傢伙也沒用，所以現在會挑選指導的對象』。」

由美子感到一陣頭暈目眩，內心也大為動搖。

一股寧靜但強烈的衝動襲上心頭。

自己真的符合那個條件嗎？這部分還無法確定。

不過，由美子對那句話產生了很大的興趣。

假如大野看好她是個能在業界留下來的人。

那再也沒什麼比這更令人高興的事情了。

不過，確實是有一些其他的跡象。

那就是由美子以前在廣播上聽到的「只會和能留在業界的人一起玩樂」的發言，以及她在洗手間內開心地說過的話。

這樣一切都說得通了。

由美子不自覺地握緊雙手。

她希望真的是這樣。

「順帶一提，我在第一話就被她罵過。」

「…………」

這傢伙。

千佳將手放在單薄的胸部上，得意地如此說道，讓由美子對她產生了殺意。

總覺得這件事的珍貴度突然下降了。

而且這一點都不讓人意外。

夕暮夕陽當然能在這個業界留下來。

不過由美子實在提不起勁說出這件事，只能自暴自棄地回答：

「別被人罵還那麼開心啦……不過妳是為什麼被罵？」

「不告訴妳。」

「這傢伙……」

千佳像是在報平常的一箭之仇，刻意捉弄由美子。

就在由美子考慮加以反擊時……千佳攤開手掌。

她用柔和的表情說道：

「妳看，就連在老手中，也有人覺得妳很有實力。這不是很令人振奮嗎？」

「……的確。」

這傢伙真的是。每次都在絕妙的時間點發糖。

就在由美子感到啞口無言時，千佳繃緊了表情。

看來要進入正題了。

「我希望妳抱持著要給老手好看的心情演戲。這是第一個心態的問題。不過還有另一個理由。就是希望妳的演技能有所突破。」

「有所突破……？」

不解其意的由美子像隻鸚鵡般複誦後，千佳立刻探出身子。

她將手放在地板上，將臉湊了過來。

「我覺得妳的演技有點太顧慮別人了。不知道是因為想讓周圍的人看清楚，還是不想亂了陣腳，總之就是缺乏決心的演技。妳會自己踩煞車。壓抑自己的演技。」

「才沒這回事……」

「就是有。因為我一直在聽，一直在用同樣的方式演戲，還有一直主持廣播，所以才會知道。」

或許是講得太熱衷，千佳沒注意到自己把臉靠得太近了。

她凝視著由美子的眼睛。

繼續說服。

「我希望妳能挑戰一次將油門踩到底。全力展現出足以讓煞車壞掉的演技。我想親眼見識。不是為了讓人看清楚，也不是刻意去演，而是更加狼狽，用靈魂表現的演技。我覺得杉下音效指導就是因為隱約看見了妳的這一面，才會選上妳。」

千佳用動聽到讓人害怕的聲音說完後，輕輕往後退。

「因為如果不這麼做，比妳好用的聲優要多少有多少。」

千佳聳肩說道。

「囉唆……」

抱怨歸抱怨，由美子也覺得能夠理解。

演藝經歷只有三年的自己，演技不可能比其他聲優好。

也很難說是因為她的聲音，比誰都適合配白百合。

杉下認為白百合是「足以左右作品評價」的角色。

之所以把這個角色託付給歌種夜澄，應該是在試鏡時感覺到了什麼。

而且千佳說的話，和加賀崎的說法本質上是相同的。

不要刻意去演。

用靈魂表現。

不同的地方在於加賀崎是在常識的範圍內提出建議，千佳的建議卻是完全脫離常識，企圖破壞原本的歌種夜澄。

千佳總是不迎合別人，獨自貫徹自己的道路，所以這個建議確實很有她的風格。

「——我知道了。我就演給妳看。渡邊，妳願意聽嗎？」

由美子打算試著相信看看。

相信自己憧憬的夕暮夕陽。

她拿起劇本，直視千佳的眼睛。

千佳驚訝了一下，但立刻靜靜地笑了。

隔天早上。

由美子和千佳一起走進錄音室。

她心裡充滿了不安、擔憂和焦慮。

如果這樣也不行該怎麼辦，這心情就像是在窺探一個陰暗的洞穴。

不過，千佳每次發現她動搖都會拍她的腰。

只能上了。

和工作人員打完招呼後，由美子就被杉下叫了過去。

「不好意思，還麻煩妳另外找一天過來。」

「不。我才不好意思讓你們多花時間。」

由美子一低下頭，杉下就表現出猶豫的樣子。

他靜靜看著這邊，

最後清了一下嗓子開口：

「歌種同學，白百合是很重要的角色，因此試鏡進行得非常不順利。雖然有幾位聲優能拿到八、九十分，但我們想要的是能拿到一百分的聲優。」

「是、是的。」

「和那些聲優們相比，妳一開始頂多只能拿到六十分。」

「唔。」

冷靜想想，確實應該是這樣沒錯。

不過，被人當面這麼說還是很難過。

特別是現在狀況還不怎麼順利。

「當然，妳之後非常努力。我覺得妳有努力過，也確實做出了成績。但依然不到特別優秀。明明可以一開始就挑選九十分的聲優，我們卻還是選了妳。妳知道為什麼嗎？」

由美子一時語塞。

按照話題的走向，即使不特別說出來，腦中也自然會浮現出答案。

不過她還是很難親自說出口。

臉自然地開始發燙。

但她轉念一想，這就是千佳之前說的。

必須抱持著要給周圍的人好看的心情上。

「——因為你們認為我能展現出一百分的演技。」

「不對。」

居然不對。

好丟臉。真是太丟臉了。怎麼會這樣。早知道就不講了……

不過……那種講法本來就會讓人這麼想……搞什麼……那到底是為什麼……

由美子板起僵硬的臉後，杉下輕聲說道：

「是因為認為妳能展現出一百二十分的演技。」

「——————」

「不好意思，我這不是在給妳壓力。我平常也不太會說這種話。只是我無論如何都想讓妳知道，有一群人將一切都賭在了妳的可能性上。」

由美子啞口無言地僵在原地後，千佳也來跟杉下打招呼了。

「早安。今天請多指教。不好意思勉強大家讓我參加。」

千佳低頭行了一禮。

她預定會和由美子一起進錄音間錄音。

杉下之前說過「希望能夠迴避白百合的場景獨立錄音的狀況」，是因為不想降低演技的溫度、臨場感和一體感。

果然旁邊有沒有其他演員，會造成很大的差距。

所以有千佳在真的是幫了大忙。

不過，杉下的笑容看起來怪怪的。

「啊，夕暮同學，妳真的來啦。」

「？是的……昨天我問今天能不能來錄音的時候，不是說可以嗎？」

「呃，當然是沒問題。真的是幫了大忙。只不過……」

就在他準備說些什麼的時候。

「請多指教。」

「請多指教。」

有兩個人進入了控制室。

是大野和森。

「咦……妳們兩位也有要獨立錄音的部分嗎？」

這兩位出乎意料的訪客，讓由美子忍不住驚訝地問道。

大野一聽，就將手放在由美子頭上弄亂她的頭髮。

「笨蛋，只有妳需要獨立錄音。只是既然要錄音，我們也在會比較好吧。所以就來了。我昨天有先跟杉下先生說，如果最後還是錄不完再通知我。而我們這些愛管閒事的阿姨今天又剛好沒行程……所以就過來了。」

說完後，大野看著千佳笑道：

「不過沒想到連主角也是這麼想的。」

站在後面的森也跟著點頭。

看著兩人的身影，由美子心裡感動不已。

她們明明都很忙，卻為了自己做到這個地步。

「大野小姐——」

「等等，妳別誤會。我們可不是為了妳。是為了作品。如果歌種無法好好發揮演技，大家會很困擾。我之前也有說過吧。製作動畫是團體作業。」

在由美子開口前，大野就搶先說了一大段話。
森在一旁低喃：
「根本是典型傲嬌角色的台詞。」
「妳說什麼？吵死了，別講得這麼順口啦。不如說妳還比較擅長配傲嬌角色吧。」
兩人對彼此意外地不客氣，讓由美子放鬆了肩膀的力氣。
她們的體貼真的讓她很開心。再也沒什麼比這更光榮的事情了。
不過，不能只是被她們感動而已。
「大野小姐、森小姐，謝謝妳們。今天請多指教。」
或許是對由美子認真的回應感到意外，大野露出驚訝的表情。
她只簡短地回了一聲「喔」，然後就像是在掩飾害羞般別過臉。
雖然不明顯，但森也跟著輕輕點頭。
由美子和千佳互望彼此，一起點頭。
來展現自己的演技吧。
展現給三個自己憧憬的聲優看。

錄音開始了。

四人站在麥克風前面。

按照森、由美子、千佳、大野的順序排列。

眼前的螢幕正在播放昨天已經看了好幾遍的影像。

集中精神。集中精神。

由美子想起千佳昨天對自己說的話。

將油門踩到底，展現出能將夕暮夕陽遠遠甩在後面的演技吧。

「等一下，那個笨蛋還沒來。我們在剛才的洞窟分散了。艾瑪！通訊還沒恢復嗎？」

「我已經在做了。櫻庭、櫻庭！聽得見嗎？」

螢幕上出現蘇菲亞和艾瑪的臉部特寫，森和大野依序演出。

下一個場景，是櫻庭驚訝的表情，千佳展現出令人震驚的演技。

在一個巨大的圓頂洞窟內。

櫻庭操縱的機兵Phantom被獨自留在那裡。

洞窟激烈震動，逐漸崩塌。整個世界都在晃動。

後製錄音時不會有任何背景音樂或音效。只會聽見演員的聲音。

不過，看著洞窟逐漸崩塌的景象，由美子確實聽見了那個聲音。

她緩緩開口。

發出即使平淡，依然能讓人感受到鄉愁的聲音。

「我來見妳了，櫻庭。」

「白百合……又是妳嗎？」

與櫻庭對峙的，是操縱機兵Empty的白百合。

兩人的視線隔著螢幕交會。

「──櫻庭！聽得見嗎？快點逃離那裡！洞窟就快崩塌了！」

「──妳還在拖拖拉拉什麼！妳明白現在是什麼狀況嗎？妳想死嗎？」

「我知道……不過，事情或許沒這麼容易。」

櫻庭看著前方操縱機體，讓Phantom拔出了劍。

Empty也同樣拔出了劍。

即使不斷有岩石從上方掉落，白百合仍靜靜宣告：

「──到頭來，我還是連一次都沒贏過妳。這次也一樣。雖然正常對決贏不了……但如果解除機體限制，或許會有機會。」

「……別說蠢話了。如果這麼做，機體的溫度會持續上升，這樣機體和駕駛員都不可能平安無事──」

櫻庭說到這裡，才猛然驚覺。

「……白百合。妳該不會……」

「沒錯。不管是贏是輸，我都到此為止了──一決勝負吧，櫻庭。」

白百合的話，成為戰鬥開始的信號。

接下來是激烈的動作場景。

兩台機兵都發揮超越極限的速度，展開了猛烈的攻防戰。

崩塌中的洞窟仍持續晃動，每當有岩石墜落地面，就會發出刺耳的聲響。

在人造鋼鐵碰撞的聲音、機兵的腳踩踏地面的聲音，以及機體激烈衝突的聲音環繞下，兩人的聲音重疊在一起。

「辦得到……辦得到辦得到辦得到……我這次一定能追上櫻庭……！」

白百合像狗一樣大口吐著氣，睜大眼睛喊道。

她的表情緊繃，但還是忍不住流露出一絲喜悅。

眼神裡充滿了期待的光輝，聲音也能以純真來形容。

激情的聲音裡摻雜著興奮。

宛如一個緊緊握著遊戲手把，只差一點就能突破困難關卡的孩子。

另一方面，櫻庭則是非常冷靜。

她表情苦悶地環視周圍，努力掌握狀況。

「別東張西望！看這裡啊！」

Phantom挨了白百合一擊，就這樣被打飛。

「唔……妳真的是個……無藥可救的人……！」

櫻庭呻吟似的說著，讓Phantom衝向Empty。

雙方繼續展開激烈的搏鬥，白百合的機體性能又進一步提升。

相對地，白百合──由美子──腦中變得一片空白。

機體內的溫度持續上升，已經不是人類能夠忍受的狀況。

體內的水分已經流乾，握在手中的操縱桿燙到讓人受不了。周圍充滿了皮膚被燒焦的臭味。好痛苦。白百合張開嘴巴，拚命吸氣。

感覺──意識即將消失。

不過，再撐一下。

再撐一下就好。

白百合睜大眼睛，專注地看著前方。

「再一下……再一下……再一下就好……！」

從喉嚨深處吐出的氣息，發出可笑的嘶啞聲。

就連吸進去的空氣都很熱，喉嚨痛到像是快燒起來。

白百合不自覺地發出呻吟。

啊，好想追上櫻庭……！

妳知道我等這一天等了多久嗎……？回答我啊，櫻庭……！

「唔……」

在Empty的猛攻之下，Phantom被迫跳向後方。

「不准逃……！」

白百合發出已經不成聲的呼喚，Empty也跟著跳了起來。

Empty一口氣拉近距離揮下巨劍，櫻庭勉強用自己的劍擋下。

雙方繼續交鋒。

鋼鐵互相敲擊的聲音十分悅耳。甚至讓人覺得能夠聽一輩子。

呼！呼！白百合大口喘氣，以顫抖的聲音發洩內心的感情。

「櫻庭……！我現在、現在就要把妳……！」

「…………唔。」

——哎呀。

由美子察覺了一件事。千佳的演技失誤了。

這個場景是即使被白百合的氣勢壓制，依然狠狠瞪回去的櫻庭的特寫。

所以必須發出剛毅的聲音。

但千佳剛才的聲音摻雜著恐懼。那是用來表現害怕的演技。與作畫不符。

不過，就算失誤也沒關係。

因為只有自己的部分要另外錄。

由美子腦中瞬間閃過這些想法後，繼續集中精神演戲。

戰鬥仍在持續。

就結果而言，是白百合輸給了櫻庭。

即使透過解除限制提升機體的性能，櫻庭還是技高一籌，最後是Phantom的劍貫穿了Empty。

連同白百合的身體一起。

Phantom的劍貫穿機體和白百合的身體，深深刺進岩壁裡。

櫻庭一臉悲傷地低頭看向白百合。

白百合像是想要觸摸櫻庭的臉般，用Empty的手摸了Phantom的臉。

「我希望……妳能看我一眼……就只是……這樣而已……」

「白百合……」

「妳終於……願意看我了……」

在低聲說出這句話的同時，Empty的手用力抓住Phantom的手臂。

櫻庭露出驚訝的表情，白百合則是吐著血開心地呻吟。

從Empty身上傳來警報聲。

那是極為可怕，震耳欲聾的嘶吼聲。

「我要帶妳下地獄……！一起前往地獄吧……這樣、這樣妳總算、總算……！」

「！放、放開我……放開我……！」

Phantom拚命掙扎，想要逃離Empty。

貫穿白百合的劍持續晃動，讓白百合發出痛苦的喘息聲。

超乎想像的疼痛讓她睜大眼睛，嘴巴也因為陌生的感覺用力張開，發出彷彿會讓喉嚨壞掉的聲音。

不過，即使正在體驗內臟被人翻攪的感覺。

她仍以清澈的眼神注視著前方。

機體內的溫度急速上升，即使感覺身體逐漸被融化。

她仍露出喜悅的笑容。

視野開始被染成紅色。

白百合被Empty產生的火焰燃燒著身軀，發出她在這個世界上最後的聲音。

「啊啊……啊啊……啊啊啊啊————！」

伴隨著淒厲的慘叫聲，Empty自爆了。

洞窟內充滿了激烈的爆炸聲，所有的一切瞬間崩毀。

………………

………………

……咦？

由美子看向劇本。下一句台詞應該是艾瑪的「櫻庭……？櫻庭！」才對。

不過，錄音間內一片沉默。

此時，由美子想起之前聽到的指示。

由美子——白百合的台詞到這裡就結束了。

其他人的錄音早就結束了，所以不需要繼續念台詞。

然而，控制室也沒有傳來任何指示。

由美子困惑地看向旁邊，發現千佳和大野都露出奇怪的表情。

千佳緊盯著螢幕，用力咬緊嘴唇。

她憤恨地瞪著螢幕，就像看到殺父仇人一樣。

甚至還發出咂舌聲。

大野將手扠在腰上，無力地垂下頭。

她板起臉，閉著眼睛蹙起眉頭。

嘴裡嘟囔著「唉，真是的」。雖然應該不是在模仿千佳，但她也跟著咂舌。

……這奇妙的氣氛是怎麼回事？

「請問……？」

由美子戰戰兢兢地看向控制室，包含杉下在內，所有看著這裡的工作人員猛然回過神。

杉下立刻下達指示。

「不、不好意思。沒問題。辛苦了。」

「咦？」

杉下乾脆地給予肯定，讓由美子大吃一驚。

剛才那樣？就可以了？這樣沒問題嗎？

就在由美子不知所措時，某人輕輕將一樣東西放到她的脖子上。

她驚訝地回過頭，發現森將一條手帕抵在她的脖子上。

「妳流了很多汗。」

「咦？啊。唔哇，真的耶。這怎麼回事？」

由美子同時對兩件事感到驚訝——

森給自己手帕，以及自己居然流了這麼多汗。

全身都是汗，呼吸也很凌亂，簡直就像剛跑完一場馬拉松。

而森不知為何，居然辛勤地替她擦汗。

就在由美子對這個不可思議的狀況感到困惑時，她發現杉下走進錄音間和大野說起了悄悄話。

「……杉下先生，剛才也有錄我們的聲音嗎？」

「啊……這個嘛。我們姑且有把所有的麥克風都打開。」

「夕暮那個害怕的聲音沒問題嗎？導演該不會因為想用那個聲音，就說要重新修改作畫吧？真的沒問題嗎？」

「已經太遲了……他剛才邊講電話邊出去了……」

「哎呀……可是那個人本來就是這樣……」

就在由美子的注意力都集中到那裡時，森已經讓由美子握住自己的手帕。

「這條手帕送妳。」

「哇。等、等一下，森小姐？」

森沒等由美子回應，說了句「大家辛苦了」後就準備離開。

由美子原本打算伸手叫住森，但先被大野拍了一下肩膀。

她不知為何露出了苦悶的表情。

「……歌種，妳現在幾歲，入行幾年了？」

「咦？我今年十七歲，入行第三年了。」

由美子老實回答後，大野的表情變得更加扭曲。

她搖搖頭，發出自暴自棄的聲音。

「啊～啊！所以我才討厭年輕人！實力總是一下就突飛猛進！這樣誰還做得下去！大家辛苦了！」

大野吶喊完後，簡單打個招呼就立刻離開錄音間。

「森！我們去喝酒吧！今天要喝一整天！一起大醉一場吧！」

「現在還是白天。而且晚點還有工作吧。」

「啊，的確……那先去吃飯吧。我們接下來是要錄同一場吧。妳晚上有空嗎？」

「是有空啦。」

「那先去吃飯和錄音，然後一起喝酒！ＯＫ嗎？」

「好好好。」

「真是的。我們年輕的時候，還要更加……」

兩人的對話聲逐漸遠去。

原來她們平常會一起吃飯和喝酒啊……嗯……真令人羨慕。

由美子心不在焉地看著兩人，所以在被杉下搭話時，整個人嚇得跳了起來。

她連忙轉身，然後發現杉下臉上帶著柔和的笑容。

「歌種同學。辛苦了。妳真的進步很多……我現在發自內心慶幸自己選了妳扮演白百合。」

「謝、謝謝誇獎……？」

儘管像這樣回答，由美子心裡還是缺乏現實感。

剛才那是……稱讚吧？應該沒有什麼言外之意吧……？

周圍的狀況不斷產生變化，只有她一個人還跟不上。

事情不斷有所進展，等回過神時，由美子已經和千佳一起走在走廊上。

由美子向走在前面的千佳搭話：

「噯～那樣真的就可以了嗎？一下就結束了耶。我今天來之前還做好了相當的覺悟……結果現在還不到中午。」

「…………」

「真的沒問題嗎？我有好好演嗎？我太專注在自己的演技上，根本沒有餘力注意其他事。妳覺得我演得怎麼樣？噯，渡邊。」

「…………」

「喂。幹嘛忽視我。姊姊……該不會，我演得很差嗎？妳在生氣嗎？噯，渡邊——」

「又來了！我真的很討厭妳這種地方！」

千佳煩躁地跺腳，轉過來時的表情明顯是在生氣。

原本就很銳利的眼神變得更加凶狠，語氣裡也充滿了憤恨。

「音效指導都說可以了，這樣就夠了吧！其他我就不知道了。不要再問我了。」

千佳咂了一下舌後，就大步往前走。

「她是怎麼了……」

千佳異常的反應，讓由美子嘆了口氣。

明明她昨天還表現得很親切。為什麼突然變成這樣？

那傢伙果然讓人搞不懂。

由美子在心裡抱怨完後，千佳再次回過頭。

這次語氣不像剛才那麼情緒化，她以平靜的聲音說道：

「佐藤，妳要把Phantom看到最後一集喔。」

「啥？不用妳提醒，我也會看完啦。」

「Phantom有兩季。在最後一集前，我一定會超越妳的演技。」

千佳拋下一句「我想說的就這些」後，就繼續快步往前走。

由美子愣了一下。

不過她立刻回過神，急忙地追了上去。

雖然由美子這時候還不知道。

不過今天錄的這集播出後。

「白百合的演技超好」這件事將掀起一陣話題，但這也是很久以後的事了——

「化名『外角偏高』同學的來信。是之前第一次寫信給我們的聽眾呢。」

「啊，那個棒球社的。他寫了什麼？」

「『感謝兩位之前願意聽我傾訴煩惱。兩位的話帶給我非常多勇氣。我之後找隊友們商量過後，心情上輕鬆了不少。上個星期有一場練習賽，我終於在那場比賽中有所表現了！』」

「喔～這不是很好嗎！恭喜你！雖然我什麼都沒做，但還是很開心。」

「真是個好消息呢。『真的非常感謝。歌種同學之前提到自己在一個很困難的現場工作，請妳也要加油！』——上面這麼寫耶。」

「謝謝。呃～其實我的工作後來也很順利喔。雖然自己沒什麼現實感，但周圍的人都這麼說。大概已經沒事了。不用替我擔心。謝謝你嘍。」

「那麼，我們還收到了這樣的來信。化名『紅豆湯是配菜』同學。『夜夜！聽說妳將演出幻影機兵Phantom！』」

「喂，虧我之前還委婉地用『困難的現場』一詞，把我的努力還給我。結果馬上就直接曝光了。」

「要抱怨的話，就去跟大出先生抱怨吧。是他把這封信給我的。『之前公布將由夕姬擔任Phantom的主演後，真的……真的發生了許多事。一想起當時的夕姬和夜夜，妳們能在Phantom一同演出的事情就讓我熱淚盈眶。』」

「這個人在哭什麼啊。情緒不穩定嗎？」

「他該不會是那種看到筷子滾動也會感動的人吧？呃～『聽說夜夜也開始參加後製錄音了。請務必分享兩人在現場時是怎麼互動的！』……唉，就算他這麼問。」

「嗳。有發生什麼特別的事情嗎？我完全想不到呢。就只有正常錄音，正常回家而已吧。」

「是啊。應該沒什麼值得特別說出來的事情。嗯，就是這樣。」

「啊，可是，我有看過夕特地留在錄音間，只為了和爸爸說話。」

「給我等一下！又來了。我真的很討厭妳這種地方。為什麼要說出來？有必要說這個嗎？妳根本是基於惡意才這麼說的吧！」

「妳之前說過自己有點戀父情結，那件事讓我實際體會到原來是真的呢。」

「不對！才不是那樣！我、我當時是為了工作……咦，怎麼了？」

「嗯。工作人員說這封信有後續，快繼續唸吧。」

「吵死了，妳以為妳是誰啊……『附註：我也看過聖誕夜的照片了。聽兩位主持廣播時，有時候會懷疑妳們該不會感情很差。所以看到妳們感情真的很好，讓我覺得很開心』……這個人在說什麼啊？」

「馬上就被否認了呢。就跟你聽到的一樣，我們感情不好喔。」

「不如說是很差。只是因為工作才勉強奉陪。」

「……嗯，好像就是因為有其他聽眾跟這個人一樣擔心，所以節目準備了新企畫。這工作還是交給那兩個人吧。我們實在做不到。換手吧。」

Next Page!

NOW ON AIR!! 第46回

「小夕！」

「小夜的！」

「「高中生廣播！」」

「大家早安～我是小夕～」

「大家早安！我是小夜！噯，小夕！聽說有聽眾擔心我們其實感情不好！」

「咦～才沒有這種事。我們感情很好喔～」

「嗯，就是啊！所以為了讓聽眾們放心，節目準備了新企畫！名字也很直接，就叫『相親相愛大作戰！』」

「企畫的內容就是讓我們兩個人相親相愛，給大家看看我們的感情有多好～這次好像是要輪流說喜歡對方哪裡呢～」

「咦～沒問題嗎？我們可以無限說下去吧～？會說個不停喔……………咦，真的要說嗎？沒有喔。」

「……別恢復本性啦。我也沒有呢……咳、咳！那麼，開始吧！啊，好像要從我先開始～這個嘛～『她很努力！總是同時在多方面努力！』」

「呀～謝謝！呃～那輪到夜澄了！我想想，『她很會唱歌！歌聲非常澄澈，真的很好聽喔！』」

「才、才沒有呢。謝謝～又換我了。『她非常居家！做的菜也很好吃！將來絕對會是個好太太！』」

「欸嘿嘿，是這樣嗎？『她在工作方面對自己非常嚴格！我很尊敬她，超帥的！』」

夕陽與夜澄的高中生廣播！

「『受到大家喜愛的品德！不管是誰，都會喜歡上小夜！』」

「『單純就是個美少女！』」

「『震撼人心的演技！』」

「『演技的幅度寬廣又有深度！』」

「『胸部的形狀很漂亮，而且大到讓人羨慕！』」

「『在關鍵時刻非常可靠！』……咦，已經夠了嗎？知道了。哇～小夕，謝謝妳這麼稱讚我！感謝妳一直以來的照顧！」

「別這麼說，小夜～我才要感謝妳一直以來的照顧～」

「不，小夕才該被感謝！」

「小夜！」

「小夕！」

「結束了♡」

to be continued!!!!

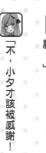

後記

各位讀者好久不見。我是二月公。

自從開始執筆這部作品後，很多事都讓我產生「自己這麼幸運，真的沒問題嗎……」的想法，前陣子也發生了一件非常令人感激的事情。

我分別被「伊福部崇的廣播的廣播」和「千波的廣播」這兩個節目邀請為來賓。

雖然我有幸寫小說，但基本上只是個喜歡聽聲優廣播的御宅族，所以忍不住想著「真有這種事……？」在心裡嚇得半死。

雖然我當然曾經妄想過自己上廣播節目，但在我的認知裡，這就和妄想「如果自己有一天覺醒了超能力」是差不多的事情。

我跟一個老朋友說「我之後要上廣播節目」後，對方驚訝地說：「這是怎麼回事？？？」如果立場顛倒，我應該也會這麼說。

畢竟在我的同伴們裡，伊福部崇可是無人不知的大人物，我以前也曾經寫信給由他擔任文案企畫的節目。

橋本千波小姐也一樣，我那段期間看的動畫裡就有她演出的角色。「咦，是幫那個角色

配音的人？我才剛聽過她的聲音耶？」真的是讓我大吃一驚。

很高興能聽見那些貴重的談話。真的非常感謝與這部作品相關的人士！

實際參加過廣播節目後，真的讓我獲益良多。

這讓我親身體驗到平常在廣播節目裡聽見的對話有多厲害。

我又更加尊敬主持人們了。

還有另一件事要向大家報告！

第二集發售時，之前曾經一起進行過合作宣傳的「Pyxisの夜空の下de Meeting」，居然在節目內幫忙介紹了第二集和新封面的第一集！

這讓我開心得不得了。真的非常感謝。

我原本只是以一個普通聽眾的身分開心地聽著節目，所以聽到介紹時真的嚇了一跳。平常聽的廣播突然開始宣傳自己的著作，實在太像整人節目了。真是太開心了！

我每天都切身感受到「自己真的備受周圍的人眷顧呢」。

さばみぞれ老師這次也幫忙繪製了非常可愛又漂亮的插圖。

感謝您一直以來的照顧！

這次封面的芽玖瑠真的是太棒了。不管是姿勢、構圖，還是那個表情！實在是太出色了！

再來是與這部作品相關的人士，以及閱讀本書的各位讀者，真的非常感謝各位！下集也請多多指教！

國家圖書館出版品預行編目資料

聲優廣播的幕前幕後. 3, 夕陽與夜澄想要突破?/二月公作 ; 李文軒譯. -- 初版. -- 臺北市 : 臺灣角川股份有限公司, 2022.05

面 ； 公分. -- (Kadokawa fantastic novels)

譯自：声優ラジオのウラオモテ. 3, 夕陽とやすみは突き抜けたい?

ISBN 978-626-321-431-6(平裝)

861.57 111003458

Kadokawa
Fantastic
Novels

聲優廣播的幕前幕後 3

夕陽與夜澄想要突破？

（原著名：声優ラジオのウラオモテ #03 夕陽とやすみは突き抜けたい？）

2022年5月26日　初版第1刷發行

作　者：二月公
插　畫：さばみぞれ
譯　者：李文軒

發行人：岩崎剛人
總編輯：蔡佩芬
編　輯：邱瓈萱
美術設計：吳佳昀
印　務：李明修（主任）、張加恩（主任）、張凱棋

發行所：台灣角川股份有限公司
地　址：104台北市中山區松江路223號3樓
電　話：（02）2515-3000
傳　真：（02）2515-0033
網　址：www.kadokawa.com.tw
劃撥帳戶：台灣角川股份有限公司
劃撥帳號：19487412
法律顧問：有澤法律事務所
製　版：巨茂科技印刷有限公司
ＩＳＢＮ：978-626-321-431-6